森に生きる者

～貴族じゃなくなったので自由に生きます。莫大な魔力があるから森の中でも安全快適です～

THOSE WHO LIVE IN THE FOREST

Author ゆるり
Illustrator ひげ猫

プロローグ

「婚約を破棄しますわ」

こう言われたとき、普通の人はどう思うのだろう。何故《なぜ》だと嘆くのだろうか。許さないと怒るのだろうか。アルはなんとも思わない。むしろ嬉《うれ》しいくらいだ。

「承りました。ご用件は以上で？」

「……ええ。国王陛下には既に了承されているわ。今頃公爵家にも連絡がいっているはずよ」

「では、失礼致します」

彼女の嫌悪に満ちた表情は見慣れている。彼女は昔からアルを見るたびにこんな表情をする。仮にも婚約者だったのに。


アルフォンス・ラナ・ユークリッドはグリンデル国公爵家の嫡男である。そして、王女の婚約者であった。

幼少の頃に決められた婚約は政治的なものだった。アルの母は隣国の末の王女で、本来グリンデル国王のもとに嫁ぐはずだったのに、公爵に惚《ほ》れて無理矢理婚姻を結んだ。その後生まれたのがアルだ。母の容姿を受け継いで、黒髪紫目で色白の美人な雰囲気だが、この国の貴族男子としては少し頼りなげに見られる。何故ならこの国は武を重んじる国だからだ。

グリンデル王家には現在王女しか子がいない。アルは王女と婚姻を結び、王配になるはずだった。それにより隣国の血を王家に取り込もうとしていたのである。

しかし、王女は剣に向かない体つきのアルに不満があったらしい。いつだったか、理想の男性は王立騎士団の団長だと言い、アルに鍛えるよう要求した。アルは別に王女に気に入られたいわけではないが、言われたことには従うことにしていた。反抗するのも面倒なので。しかし、骨格の違いはどうにもできなかった。

そして、本日、めでたく婚約破棄と相成ったのである。本当にめでたい。これで汗臭い訓練所から離れられる。

政略結婚の本義はどうなるかって？　現在隣国は帝国からの侵略の憂き目にあっている。そんないつ滅亡するか分からない国の王家の血に何の価値も見いだせなくなったのだろう。グリンデル国としては、もっと優秀な血を王家に入れたくなったようだ。

アルは能天気なグリンデル国を軽蔑している。隣国が侵略されようとしているということは、グリンデル国にもその危険があるということなのだ。しかし、グリンデル国はなんら対策をとっていない。隣国からの援軍要請を断り、自国に引きこもるだけである。それでいて、自国の騎士団は世界一だと嘯《うそぶ》くのだから、失笑してしまう。

「この国は先がないな」

学園の廊下を歩きながら誰にも聞こえないくらいの小声で呟《つぶや》く。

アルが王女から婚約破棄を突き付けられたのは貴族子息たちが通う学園の一室だった。当然廊下には多くの貴族子息がいて、アルを見ながらひそひそと話し嘲笑を浮かべている。

アルはユークリッド公爵家の嫡男でありながら、当主から厭《いと》われている者として社交界で知れ渡っていた。だから周りの貴族子息たちから嘲笑《あざわら》われることも悪口を言われることも日常になっている。だが、今日はいつもよりその程度が酷《ひど》い気がした。耳を澄ませてみると、彼らはアルが突き付けられた婚約破棄の話をしていた。当事者のアルが先ほど聞いたばかりだというのに、情報が回るのが早すぎる。アルを馬鹿にするために誰かが早々に情報を漏らしていたのだろう。

アルは自国の状況を気にせず呑気《のんき》に人を貶《おとし》めることに精を出す彼らにそっとため息をついた。この国においてアルが信頼できる人はいない。同じ立場であるはずの貴族子息たちとすら全く分かり合える気がしない。

「はあ……、やっぱり人間は嫌いだ。森で悠々自適で暮らしたいな。人とは関わりたくない」

誰もがアルを嘲笑い、公爵家の落ちこぼれと噂《うわさ》する中、アルは静かに前を見て学園から出た。用意されていた馬車に乗り込み、御者に帰宅することを伝える。

「魔法技術に優れた隣国さえ滅亡の淵《ふち》にあるというのに、この国の力では帝国に抵抗することすらできないいんじゃないかな」

御者に聞こえないくらいの小声で呟く。改めてこの国の現状を振り返っても、状況は絶望的としか思えない。

隣国は魔法技術に優れた国だった。王侯貴族は非常に高い魔力を持ち、庶民でも魔法を行使できるのだという。それゆえ、世界一と言われる魔法師団を抱えていた。

そんな国が滅亡の淵にある。それは、強者の慢心もあったのだろう。近年は新しい魔法技術が生まれていなかったようだ。しかし、それよりも帝国の魔法技術力や軍事力の大きさが理由だと思う。隣国もこの国も、本当の強き者を知らずに『世界一』と宣《のたま》い驕《おご》っていたのだ。

「到着致しました」

「ご苦労」

差し出される手を断り、さっと馬車から降りる。玄関広間に入ると、中年の筋肉達磨《だるま》な男が仁王立ちしているのが見えた。ユークリッド公爵だ。一応アルの父親である。彼はアルが帰ってくるのをわざわざ待っていたらしい。

「アルフォンス、王女殿下から婚約破棄されたそうだな」

「はい、その通りです」

「……貴様がそんな軟弱な体格だからだ。努力しようとは思えないのか」

蔑む眼差《まなざ》しがアルの体を突き刺す。だが、アルはこういう視線には慣れっこだった。

「努力はしています。実際、剣術の技能では学園で一番でしたよ」

ついでにいうと、学力でも一番だったし、魔法技術に至っては他の追随を許さない圧倒的実力で一番だった。この国では剣術が最も重要視されているから他はどうでもよいのだろうけど。

「ふん、学園で頂点になろうが実戦では使えない技術だろう。お前はもっと見た目をどうにかすべきだった」

「……そうですか」

使えない筋肉がついたって、実戦では騎馬の負担になるだけだろうが、それは彼にとってはどうでもいいことらしい。

「ここまで言っても改心しないか」

「……」

一体何をどう改心しろと？　相変わらず公爵の言葉は理解しがたい。公爵がアルを蔑むためだけに話しているからだろう。

「貴様をユークリッド公爵家から除籍する。今後ユークリッドを名のることを許さない。次期女王に厭われている者を公爵家においておくわけにはいかないからな」

「……貴族籍を消すということですね」

「そう言っているだろう。愚鈍め」

「分かりました」

アルがあっさりと了解すると公爵が理解しがたいと顔を歪《ゆが》めた。

アルにとってユークリッド公爵家であることは重荷でしかない。不本意な婚約は押し付けられるし、公爵家内では肩身が狭い。

アルの母が亡くなってすぐに娶《めと》られた義母は、公爵の相愛の婚約者だった人だ。彼女が来てから、アルの居場所は公爵家になくなった。

階段の陰から腹違いの妹と弟がアルを見てニヤニヤと笑っている。彼らはアルを嫌っていた。それは公爵夫妻を見倣ってのものもあるだろうが、そもそも生理的に合わないのだ。

「……追い出しても食うに困ろう。公爵家の魔法師団に勤めろ」

「いえ、ご心配無く。公爵家での籍がなくなる以上は好きに生きさせてもらいます」

「なに!?」

心配はしていないだろう。内心ではアルの能力を手放すのは惜しいと思っているのだ。だからこそ、魔法師団に繋《つな》ごうとしている。だが、公爵家という貴族の責務から解放されるならば、新たな檻《おり》に閉じ込められるいわれはない。

「貴様、私に逆らうつもりか!?」

「私は貴族籍を失う身です。公爵に仕えているわけではありませんから、その命令に従ういわれはございません」

「平民ならば従え！」

「嫌です」

公爵の意思に従わないのは初めてだ。これまでは貴族の義務として不遇に耐えてきた。どれほど嫌われようと折檻《せっかん》を受けようと、義務を果たすことだけを考えて耐えた。それから解放されるのだ。

「……おいっ、こいつを捕らえろ！　貴族に歯向かう無礼者だっ！」

「「はっ！」」

玄関脇に控えていた騎士たちが威圧的に近づいてくる。武力でアルを従わせるつもりらしい。アルを摑《つか》もうとした手を逆に握り、クルリと回した。重い鎧《よろい》を纏《まと》った体が嘘《うそ》のようにあっさりと床に倒される。ガシャンッと鈍い金属音が広間に大きく響いた。

「ぐあっ」

「ぎゃあっ」

「なっ！　お前たち、なにをやっているのだ！」

驚愕《きょうがく》と怒りで顔を赤くする公爵を見据える。アルの心に公爵家への未練など存在しない。ただ自由への渇望だけがある。騎士たちが警戒して動きを止めている隙に、公爵に向かって笑んだ。

「これまでどうも。お世話になった覚えはありませんが」

騎士が集団で迫ってくるのを感じて、脳内にひとつの魔法陣を完成させる。アルが独自に生み出した魔法陣だ。

「さようなら」

視界が歪んだ。音が消える。

一瞬の間の後に視界に広がったのは深い闇が覆う深い森だった。そこかしこに魔物や動物が蠢《うごめ》く気配がする。

「新しい人生、よろしくね」

『ふん、我にとっては暇潰しだ。付き合ってやってもいいぞ』

「うん」

アルが長い時間をかけて用意していた秘密基地で待っていた相棒に微笑《ほほえ》んだ。

旅の相棒となるのは聖魔狐《セントフォックス》と呼ばれる狐型の魔物である。アルがブランと名付けた。魔物ではあるが、基本的に人を襲わない。怪我《けが》を治療できる聖魔法の能力があるため、聖獣と呼ばれることもある。

白く長い毛はふわふわで撫《な》でると気持ちがいい。本来の姿は体長三メートルを超える巨体だが、普段は変化《へんげ》で肩乗りサイズになっている。本獣は省エネだと言っていた。

そんなブランとはこの森の中で出会い、今日まで何度も一緒に行動してきた。食い意地が張っていて我儘《わがまま》なところもあるが、頼りがいのある相棒だ。

一．旅の始まり

『どこかへ行くのか？　それともここで暮らすのか？』

「この国を出ようと思っているよ。ここにいて、万が一にでもあいつらに知られたくない」

『そうか』

アルがいるのはユークリッド公爵領にある森の中だ。というのも、アルが創った転移の魔法陣は、自身が【印】を置いたところにしか転移できないからだ。アルはこの転移の【印】を置くために、自力で森の奥地まで来て転移用の基地を作った。

この森で生活すれば、いずれアルがここにいることが公爵家や王家に知られてしまうかもしれない。森の奥地といえども全くの未開の地ではないのだ。優れた冒険者なら辿《たど》り着《つ》けるだろう。

「ブラン、物資はちゃんと保存してあるね？」

『当然であろう。我がきちんと守っておったぞ』

「ありがとう」

偉そうに胸をはるブランの頭を撫でる。

「よし、全部揃《そろ》っているね。……あ、ブラン、僕公爵家を除籍になったから、アルとだけ名のることにするね」

『お前は元々アルだろう？』

荷物が揃っていることを確認して、ブランに思い出したことを告げると、不思議そうに首を傾《かし》げられた。人間以外にとっては、家名とか本名だとかはどうでもいいのだろう。そもそもアルとしか覚えていなかったようだ。

「ちゃんと名のったはずだけどな。……まあ、いっか」

『早く行くぞ』

「うん」

既に捨てたもののことを気にしても仕方がない。

アルは自身が作ったアイテムバッグを背負って歩きだした。このアイテムバッグは、そのサイズの千倍ほどのものを収納できる革鞄《かばん》だ。内部の時間経過を停止させているため、食料の保存にも便利な代物で、アルの自信作だ。この中に長年かけて用意したアルの全財産が入っている。

アルが歩きだすと、ブランはアルの首に巻き付くようにしてだらりと垂れた。自分で歩く気はないらしい。

「ブラン、僕を乗せて帝国まで連れていってくれる気はない？」

『嫌だ。そんな疲れること。道中で旨《うま》いもんがないか探しながら行くぞ』

「……はぁ、食い意地がはっているんだから。美味《おい》しいものにつられて拐《さら》われないでよ」

『我を害そうとするならば食い殺すまで』

「人間って美味しくないらしいよ」

『そうなのだ。だから我らは食わん。ゴブリンと人間は同じくらい不味《まず》い』

「ゴブリンと同じかぁ。微妙に嫌な評価だな」

さくさくと森を歩く。今は魔物を避けながら歩いているが、どこかで美味しそうな魔物を捕まえるべきだろうか。保存食は十分用意しているが、それだけでは味気ない気がする。

『お？　白禹鳥《シラウドリ》の匂いがするぞ』

「え、白禹鳥《シラウドリ》なんてこの森にいたの」

『うむ、あれは隠れるのが上手《うま》いのだ。我もあまり食べていない。アル、今日の晩飯には白禹《シラウ》鳥《ドリ》の丸焼きを所望する』

「えー……まぁ、僕も食べたいかも」

食欲に負けて、ブランの指示する方へと方向を変える。特に目的がある旅ではないので気儘《きまま》に動けるのだ。

『そこだ。その木のウロ』

ブランの示す先に白い耳が見えた。白禹鳥《シラウドリ》はウサギのような長い耳を持ち、聴覚に優れた中型の鳥の魔物である。さほど凶暴ではないが、逃げ足が速い。

腰元に佩《は》いていた魔法筒を静かに構える。警戒心が強い白禹鳥《シラウドリ》は少しの物音で逃げてしまうのだ。ブランの声は念話によるものだから、物理的な音は発生していない。

魔鉄で作られた直径三センチメートルほどの円筒の魔法筒を覗《のぞ》いて狙いを定め、側面に刻まれた魔法陣に魔力を流す。その瞬間、無色の魔力弾が発射された。

『お、上手くいったな』

「白禹鳥《シラウドリ》を狙ったのは初めてだったけど、何とかなったね」

白禹鳥《シラウドリ》の後頭部を狙ったが、上手く一撃で仕留められたようである。近づいてみると、頭の部分が潰れていた。

『だが威力が強すぎたのではないか？』

「……まあ、血抜きが必要だしね」

ブランから注がれるジトッとした眼差しから目をそらしながら、白禹鳥《シラウドリ》を逆さに持った。早く血抜きしないと肉の味が落ちるからだ。

「白禹鳥《シラウドリ》ってどんな味なの」

『うむ。淡白だが脂がのっているのだ。臭みがなく食べやすい』

「へぇー、じゃあ丸焼きでも美味しいんだね？」

『ああ、だが、お前が作った素晴らしき粉をかけるとさらに旨かろう』

「……ミックススパイスね。変な呼び方しないでよ」

『うむ。それだ』

　血が抜けたところでアイテムバッグから解体用のナイフを取り出す。羽根をむしったあとナイフで丁寧に皮を剝ぎ、使わない内臓を捨て、ついでに心臓に埋まった魔石を取った。魔石は魔道具作りに使えるのだ。

「この魔石、結構濁っているね」

『白禹鳥《シラウドリ》は珍しいがあまり強くない。魔石の質は悪かろう』

「ああ、そうなのか」

　アルが改めて白禹鳥《シラウドリ》を鑑定眼《かんていがん》で見ると、魔物としてのランクはEであると示されていた。魔物ランクはAからGまでありAが最も強い災害級の魔物だ。Eランクは中級の冒険者がよく狩るランクである。

「魔道具の燃料にはなるかな」

『うむ？　お前が作る魔道具に魔石が必要だったか？』

「常時起動のものには魔石を使った方が安定するんだよ。一般向けに売り出すのは、魔石が必須だしね」

『そうか。ならば良い魔石を狩りに行くか？　この森のさらに奥には暴風を司《つかさど》るドラゴンがいるのだ』

「……それ狩っちゃダメなやつじゃない？」

『ドラゴンは死ねば新たなものが生まれるから無限狩りできるぞ』

「それなんか非道すぎるな」

ブランの言葉に顔をひきつらせて、白禹鳥《シラウドリ》をアイテムバッグに放り込み、森の浅い方へと歩きだす。必要もないのに世界の番人を狩りに行くなんて罰当たりなことはしたくなかった。

ドラゴンはこの世界で森羅万象を司るものと言われている。気候や自然に影響を与え、この世界を神が望む環境に整えているのだ。時に神の使徒とも呼ばれるのは、ドラゴンが死ねば瞬く間に同じ事象を司る新たなドラゴンが生まれるという伝承によるものだった。

そんなドラゴンを殺せば神に祟《たた》られそうだ。

『なんだ、狩らんのか。つまらんな』

「なんで狩らせようとするんだよ」

森歩きはアルにとって慣れたもので、魔物の気配を探りながらもさくさくと進む。魔物が近くにいる気配はなかったので、手持ち無沙汰にブランの頭をクシクシと撫でた。その手のひらの下でぶつくさと文句が放たれる。

『お前には冒険心が足らん。人の命は短いのだ。もっと楽しめ』

「今は楽しいよ。ブランと一緒に旅できるし」

『……ふん、もっと早くに旅立てば良かったのだ』

「人間には柵《しがらみ》があるんだよ」

貴族としての暮らしは辛《つら》いことばかりだった。血の繋がった者たちも、アルを虐げ搾取するだけで心の支えとなり得ない。そんな中で出会ったブランは、アルに安らぎと活力を与えてくれた。

『……ところで、いつ白禹鳥《シラウドリ》を焼くのだ』

「白禹鳥《シラウドリ》は夜ご飯だよ？」

『もう日が陰る。早く焼くのだ！』

「まだだよ」

木々の合間から見える太陽はまだ傾いてきたばかり。野営の準備をするには早すぎだ。頰をバシバシとパンチする肉球を無視して先に進む。夜は魔物が活発化するので、明るいうちにもう少し森の浅いところまで行くつもりだ。

『焼けー！　白禹鳥《シラウドリ》を焼くのだー！』

「うるさいよ、ブラン」

ブランと話しながら森を歩き、野営に良さそうな場所を見つけてテントを張った。その半径五メートルの空間を覆うように結界の魔道具を設置して、とりあえずの野営準備は完了だ。

ブランが魔道具をちょんちょんつついて遊んでいるのを見ながら火を起こし、白禹鳥《シラウドリ》を焼きやすいように捌《さば》いた。

「それ面白い？」

『お前が作る道具は変わっているな』

アルの結界魔道具は燃費を重視して作った効果範囲が狭い物だ。アルの魔力に反応して効果をオンオフできて、効果の維持には魔石を使っている。

『お、良《い》い匂いだな！』

アルが白禹鳥《シラウドリ》を網にのせて焼き始めると、即座にその匂いに気づいてブランが駆け寄ってくる。今か今かと焚《た》き火《び》の前で尻尾を振るので、その姿が可愛《かわい》らしくて思わず笑ってしまった。

アルは公爵家にいる頃から食事を抜かれることが度々あり、夜中に家を抜け出して獲物を狩っては自分で捌いて料理していた。だから、野営の食事は慣れたものだった。

「スパイスかけるからちょっと離れて。目にはいったら痛いよ」

『うむ。我はそんなものに負けんがな』

ブランが数歩火から離れたのを見て、アルが調合した特製ハーブスパイスを肉に振りかけた。途端熱せられたハーブの香りが辺りに漂い、肉が焼ける匂いと混ざって二人の食欲をそそる。

小さめな鉄鍋を網にのせアスパラガスと下茹《したゆ》でしてあるブロッコリーをバターで炒《いた》め、スライスしたパンも一緒に焼いた。仕上げに粉チーズを振りかけて完成だ。

「ブランは野菜とパンは？」

『いらん。今日の我の腹は白禹鳥《シラウドリ》で満たすのだ』

「……ん、そろそろよさそうだよ」

『おお、よこせ』

ブラン用の器に白禹鳥《シラウドリ》の半分をのせてやる。ブランの体格には見合わない量だが、本来はとても大きい体格なのだ。このぐらいの量ならあっさり食べきってしまう。

『旨いな！　我が丸焼きにするよりよほど旨い！』

「そりゃ、捌かず焼くのと比べたら雲泥の差だろうね」

アルを待たずに肉に食いつくのを見ながら、肉にナイフをいれる。野生の鳥にもかかわらず、驚くほどあっさりと肉が切れた。むね部分を口にいれると、口内で柔らかにほぐれ、しっとりとした肉の弾力と旨味がしみだす。

「美味しいな……」

『だろう！　白禹鳥《シラウドリ》は旨いのだ。世にはもっと美味しいものがあるはずだぞ！　アルが調理すればより旨くなるな』

「それは、楽しみだねー」

尻尾をブンブン振るブランを見てアルもワクワクしてきた。これまではただ腹を満たすだけの食事だった。だが、ブランと旅してその行く先々で旨いものや楽しいものを味わえば、どんな幸福感を得られるだろうか。

『それは食いきるのか？』

「まだ食べるの？　しょうがないなぁ」

ペロリと食べきったブランが口周りを舌で舐《な》めつつアルの分に視線を注ぐ。その期待の眼差しを感じてアルは笑い、再び取り分けてやった。元々、アルでは食べきれない量だったから別にいいのだ。

「あー、幸せだなぁ……」

ブランがハグハグと食いつくのを見つつ微笑んだ。

夜はブランを懐に抱き込んで眠る。この辺には結界を破れる魔物はいないから見張りは必要ない。ブランは少し鬱陶しそうにするが、文句は言わないので気にしないことにした。

「明日はどうしようか。もっと魔の森側に行きたいな。北の小国ノースに向かえば魔の森に行けるはずなんだ」

『魔の森伝いに帝国に向かうのか』

「うん、そのつもり」

『なぜ帝国なのだ？　そこは戦争している国なのだろう』

ブランは前にアルが話していたことをちゃんと覚えていたらしい。アルの腕に顎をのせ目を伏せながら平坦《へいたん》な口調で問う。

「帝国の中でも魔の森側は戦争に関わらないらしいよ。魔の森側の魔物に対峙《たいじ》するのが仕事なんだろうね」

『……うむ』

「僕は戦争には関わりたくないけど、帝国の技術には興味があるんだ。隣国が負けるのはそう遠くない。隣国を負かすような国がどういう技術を産み出しているのか、見てみたいんだ」

『そうか』

「戦争地帯を避けるには、大きく北に迂回《うかい》して、魔の森を通るのが安全だよね」

『……力が無くば考えもしない道のりだがな。何を安全と考えるかは人それぞれ』

「僕は魔物より人が怖いよ……。魔の森を通れば、人との出会いを最小限にできる……」

眠気がアルを襲う。ブランと会話しながらも目を閉じ意識が遠ざかっていった。

『……人は愚かで悍《おぞ》ましい。だが、お前が森と共に生きるのなら、我は共に行こうぞ。お前の命がついえるそのときまで』

「ん……、なんか、言った……？」

『いや。今は眠れ。明日も歩くのだろう』

「うん……、ブランが乗せてくれたら楽なんだけどな……」

『乗せんと言っただろう』

「ふふっ……、おやすみ、ブラン」

『……おやすみ』

アルが眠りに落ちる。寝息が深くなるのを聴きながら、ブランは目を開けた。意識を広げるとこの森全体が頭に浮かぶように把握できる。森の浅いところをたくさんの人が彷徨《うろつ》いているのをそこかしこに感じた。夜に人が森に入るのは珍しい。近くにいる魔物たちがその集団を狙っているようだ。

アルの危惧は当たっていた。この国には、特定の魔力の持ち主を捜索する国宝の魔道具がある。その魔道具を使ってアルを捜索する者がいる。大まかな位置しか分からず闇雲に捜索しているようだが。

『愚かだな。森は侵略者を許容しない』

この森は生きた森と呼ばれる。昼と夜とではガラッと雰囲気を変えるのだ。昼は森の恵みを人に分け与えもするが、夜は一転して全てが人に牙を剥《む》く。木々は人の行く手を遮り、植物は毒の芳香を撒《ま》き散《ち》らす。昼は奥地にいる凶悪な魔物が、夜は森の浅いところも彷徨きだす。それにより、この森は悠久の昔から人の侵略の手を拒んできた。

『……愚かなる身で森を軽んずる者に天罰を』

緩んだアルの腕から身を起こす。ブランが見据えた茂みの陰で闇が蠢いた。

森にいる人の気配が一人、また一人と消えていく。その血、その身は森の養分となり世界に巡る。愚かな人の身でさえも余さず利用してこの世界は常に変化している。

強き力を発する喜びの声が森に響く。ブランはアルを見てその眠りが妨げられていないのを確認した。ブランが密かに張っていた結界が上手く効果を発揮しているようだ。

『……神の下僕《ドラゴン》の咆哮《ほうこう》か。煩《うるさ》いな』

森の状況を確認して、一欠片《かけら》も脅威が存在しないのが分かると、ブランは再び身を伏せた。

森がアルに牙を剝かないのは知っている。出会った頃から、アルは当たり前に森に受け入れられていた。アルの前では、夜の森も昼と変わらない。それはブランにとっては青天《せいてん》の霹靂《へきれき》とも言える出来事だったが、アルをよく観察することで理解した。この人の子は、本来森で生きるべき子なのだ。

安らかに眠る顔をしばし眺め、目を閉じる。明日から騒がしい毎日が続くのだろう。うつらうつらと微睡《まどろ》むように生きてきた身には眩《まぶ》しいほどに輝く日々が。

二．相棒との出会い

気づいたときには目の前に見慣れた部屋があった。公爵家にあるアルの私室だ。ぼんやりとした感覚は、今見ている光景が夢だということをアルに伝えている。

「家を離れてからまだ一日も経《た》っていないのに。夢に見るほど愛着がある場所じゃないんだけどな」

ぽつりと呟いて苦笑する。面白味のない光景だと思っていると、一瞬で視界が切り替わった。次に見えたのは学園内の光景だ。

「ああ、嫌だな。見たくない……」

見たくないと思っているのにその光景は変わらずアルの前に存在し続けた。アルの過去の記憶を俯瞰《ふかん》で見ているようだ。

ある侯爵家の子息が取り巻きを連れてアルの前に現れる。その蔑むような眼差しと皮肉気に歪んだ表情は記憶にあるままだ。何事かを話しているが、アルの耳にはその言葉は聞こえない。しかし、その時言われた言葉はしっかりと記憶に残っていた。まだ十代前半で、他人に優しさを期待しては裏切られて傷つくような幼さがある頃の記憶だ。

アルが父親である公爵に冷遇されていることは学園内で知れ渡っていて、度々貴族の子息たちに蔑まれて悪口を言われた。学園に入学して初めの頃は悪口を言われる度に傷つき、家族以外からも虐げられる状態に疲れ切っていた。この日も侯爵家子息に過激な言葉で罵詈雑言《ばりぞうごん》を浴びせられ、辛さや悔しさを押し殺しながら耐えていたのだ。

その日のことを思い出して嫌な気分になり、アルはそっと目を閉じるように意識した。

ふっと周囲が揺らぐ気配がして目を開けるように意識すると、目の前に広がっていたのは見慣れた森の景色だった。アルは木の根元に座っているようだ。

「これは、いつのことかな？　……ああ、そうだ。今日は学園で嫌なことがあったから、冒険者ギルドで依頼を受けて、森に来たんだった。侯爵家のあいつ、なんで僕にあんなに辛く当たるんだろう。もう放っておいてくれたらいいのに……」

夢という感覚が薄れて、アルは目の前の景色を現実のものだと捉えるようになっていた。

アルは学園に入学してからすぐに平民として冒険者ギルドに登録した。一時的にでも貴族としての責務を忘れ、家や学園から離れられる時間を欲してのことだった。

「薬草の採取依頼を受けて、もう依頼分の採取は終わったんだよな」

何故か今日の行動を確認するように呟く。アルの横には薬草が詰められた麻袋が置いてあった。依頼分の薬草を採取し終えたので休憩をしようとこの木の根元に腰を下ろしたのだ。

自分の状態に納得したところで、予定通りお湯を沸かしてハーブティーを淹《い》れ、バッグからおやつとして用意していたクッキーを取り出した。これで準備は終了。森の中での優雅なティータイムだ。針の筵《むしろ》状態の家や学園では味わえない心安らぐ時間を楽しみながらハーブティーを味わう。

クッキーを手に取って食べようとすると、少し離れた茂みから物音が聞こえた。僅かに魔物の気配がする。アルは周囲に結界を張っているので、この辺の魔物が襲ってきたところで何の問題もないのだが、低位の魔物にしては気配がおかしい気がした。

じっと茂みを見つめていると、黒い鼻先が茂みから出てきた。しきりに鼻を動かして匂いを嗅いでいるようである。茂みから出ている部分は次第に大きくなり、ついには顔まで出てきた。白いふわふわの毛を持つ狐だ。気配から考えると魔物なのだが、この辺りでよく見る魔物である森狐《フォレストフォックス》とは異なる毛色だ。一体何の魔物だろうかと思いながらクッキーを食べようとすると、その狐の視線がつられて動いた。明らかにクッキーを見ている。面白くなってクッキーをさらに動かすと、狐の視線もさらに動いた。口《くち》の端《はし》から涎《よだれ》が落ちそうになっているのを見て思わず吹き出して笑ってしまう。人間付き合いに疲れていたからか、欲望に真《ま》っ直《す》ぐな獣の姿が何故かとても可愛らしいものに思えた。

「君、お腹《なか》空いているの？」

言葉は伝わらないだろうがなんとなく話しかけてみると、大きな耳がピクリと動いた。目がきょろりと周囲を見渡して、誰に話しかけたのかと探っている。知性を感じさせる仕草だった。

「高位の魔物かな。白い狐の魔物と言えば聖魔狐《セントフォックス》だけど。こんなに小さいってことは、子ども

かな」

小声で呟くと狐の目が再びアルに向けられた。

「君、聖魔狐《セントフォックス》か？　この森にいたとは知らなかったな」

聞こえるように言うと狐の雰囲気が変わった。アルに襲いかかろうとしているようだ。もし聖魔狐《セントフォックス》ならばアルが今張っている結界では対抗できないだろう。とりあえず襲われる前に狐が興味を持っているらしいクッキーを差し出してみることにした。

「これ食べる？」

言った瞬間に狐はアルが張った結界のすぐ傍《そば》までやって来ていた。じっとクッキーを見つめて口を開けているので、結界を解いてその口にクッキーを放り込んでやる。もぐもぐと食べているうちに狐は満足げに目を細め、至福の表情を浮かべていた。狐がこんなに感情豊かな表情をするとは知らなかった。

「美味しい？　それ魔の森産の果物を乾燥させたのを使っているんだよ。確かフランベリーっていう名前の果物だったはず」

『……旨い』

「え、……君喋《しゃべ》れるの？」

狐が当たり前に話してきたことに驚いて思わず聞くと、心外そうに牙を剥かれてしまった。でも、その仕草にアルを襲おうとする意思は感じない。どうやら、クッキーで餌付けして懐かれた気配がする。

『……我は聖魔狐《セントフォックス》。人に合わせて思念を送ることくらい簡単にできる』

「へぇ、やっぱり聖魔狐《セントフォックス》なんだ。でも、随分小さいね？」

『うむ。大きいと森の中を移動するのに不便だろう？　我は変化で大きさを変えられるのだ』

思っていたより親切に教えてくれる魔物だ。聖魔狐《セントフォックス》は人を襲わないとは聞いていたが、ここまで知性がある存在だとは思わなかった。

アルの前でふわふわの尻尾が揺れている。見るからに触り心地の良さそうな毛並みだ。アルは馬には親しみがあるが、こういう動物に触れたことはない。触ってみたいなと思いながら見ていたら、狐が人間染みたため息をついてアルの傍で伏せた。これは触れていいという合図だろうか。躊躇《ためら》いがちにふわふわの背に触れても嫌がる様子がないので優しく撫でた。

「……柔らかいなぁ」

『我の自慢の毛だからな』

「そっか、温《あたた》かいな」

久しく触れていなかった自分以外の温《ぬく》もりだった。家にも学園にもアルが安らげる場所はなく、心は疲れ切っていた。そんな時に思いがけず触れた温もりは、アルの心に降り積もっていたものを溶かしていくようだった。小動物と触れ合うと精神的に安らぐのだと書物で読んだことがあったが、確かにアルもその効果を感じていた。

感覚がぼんやりと鈍くなる。目の前を様々な光景が通り過ぎて行った。

アルのおやつの時間を察知したように現れる狐にブランと名付けた時のこと。ブランと一緒に森を探索してアイテムバッグを作った時のこと。辛いことがある度に、アルは森に行ってブランと楽しく過ごした。その時間はアルにとって自分の心を守るために必要なものであり、大切にしているものだった。ブランは魔物だからか感情に正直に言葉を話す。そこに遠慮はないし、アルに対する嘲りも哀れみもなくて、とても居心地のよい関係だった。

「……人間と過ごすより、森の中でブランと一緒に過ごせたら、もっと自由で快適な生活なんだろうなぁ」

ぽつりと呟く。まさか本当に実現するとは思いもしない願いだった。

三．川の傍でのバーベキュー

闇が覆っていた森に朝の日差しが降り注ぐ。森は夜の顔を隠して静まった。どこからか鳥の鳴く声が聴こえる。

「う〜ん、もう朝か……」

『ぐぅ……』

アルの腕の中で大の字で寝転がるブランを見て笑う。完全に野生の本能を放棄した姿だった。

「なんだか、懐かしい夢を見ていた気がするなぁ」

うっすらと残る夢の気配を探るも、どんな夢だったのか思い出せなかった。しかし、心が温かく感じるのできっと良い夢だったのだろう。

「朝ご飯の仕度をしないとな」

ブランをそっと寝床に残してテントを出る。朝の澄んだ空気が気持ちよくて、大きく深呼吸した。アイテムバッグから取り出した魔道具で桶《おけ》に水を溜《た》め、顔を洗ってさっぱりする。

「朝は軽めにしようかな。昨日はお肉をたらふく食べたし」

火を起こし、鍋の水と鉄鍋を温める。鍋にはイモと昨夜のあまりのアスパラガスを刻みいれた。味はスープ用のハーブと塩であっさりと。鉄鍋には甘めの柑橘《かんきつ》オイルを垂らし、ベーコンを敷き、卵を割りいれる。蓋をして蒸し焼きだ。卵が焼けるのを待つ間にパンをスライスし、バターを塗って焼く。

『いい匂いだ』

「おはよう、ブラン」

『うむ』

食欲を誘う匂いで起きてきたのか、ブランがアルの隣にやって来て、料理をガン見しながら頷《うなず》いた。口の端から涎が落ちそうになっている。

「ほら、ブランの分」

スープを深皿に注ぎ、胡椒《こしょう》をかけてプルプルの目玉焼きをパンにのせてブランの皿に置く。アルの分はパンでベーコンと目玉焼きを挟み込んで手に持ち、スープはマグカップに注いだ。

『旨いな！　この汁はハーブがきいていい。この肉は塩味と肉汁のバランスがいいな。パンにも肉汁がしみている』

「美味しいね」

ゆっくり食べるアルとは違い、ガツガツ食べきったブランは名残惜しげに皿を舐めている。あまりに惜しげなので、おかわりのスープを入れてやった。昼用にでもしようと思ってたくさん作ったのだが、この分だと食べきってしまいそう。

鳥の囀《さえず》りが聞こえる澄んだ空気の中で食事をすると気持ちがいい。今日は良い一日になりそうだ。

ブランがスープを完食したところで片付ける。火を消し、テントも仕舞えばすぐに旅立つ準備が整った。

「よし、行こうか」

『ああ』

ブランがアルの肩に跳び乗ってだらりと身を垂らす。その頭を撫でて北に向かって歩き出した。

『今日は何を食う？　もう少し北に行けば、黒猛牛がいるぞ』

「朝ご飯食べたばっかりなのにもうご飯の話なの？」

『肉食わんのか？　お前はもう少し肉をつけた方がいいぞ』

「うるさいよ。僕は食べても太らないんだ。……なんでだろう」

『……まあ、お前は常に力を放出しているからな』

自分で言って落ち込んだアルはブランの言葉を聞き逃した。聞き返しても何でもないと言って答えてくれない。大して重要なことではなかったのだろう。

『それより、肉だ、肉！　我は晩飯に黒猛牛を所望する！』

「はいはい。黒猛牛かぁ、あれ大きいんだよね。捌くのが大変そうだな」

『しっかり捌けば角も皮も爪も高くで売れるはずだぞ』

「そっか。もっと北ならこの国から出て小国ノースに入るから、そこで売ろうか。魔石は使い道が多そうだし手元に残すけど」

黒猛牛はCランクの魔物だ。獰猛《どうもう》で鋭い角で頭突きを繰り出す。また何故か水魔法を使うことで知られている。水棲《すいせい》の魔物じゃないのに。

水魔法を使う魔物の魔石は、水を扱う魔道具と相性がいい。この国は海に面しておらず、強い水棲の魔物は多くないので、黒猛牛は魔道具職人にとって有難《ありがた》い魔物だ。それを狩る冒険者にとっては黒き死の使いと言われるぐらい強くて厄介な存在だが。

『そういえば、人は国を渡るときに手続きが必要なのだろう？』

「まあね。でも北の小国ノースとの間にある森を通れば手続きなんて必要ないし、ノースも暗黙の了解で許容しているみたいだよ。それが他国の暗部じゃなければね」

『どうやって相手の身分を知るのだ』

「森を渡ってすぐのところに町がある。両端が高い崖に囲まれた町で、そこを通らないとノースの中心には行けない。町では結界を張って出入りを制限しているから、こっそり忍び込むことはできないんだ。その結界は国への害意を判断して弾《はじ》くらしいよ」

『……そんな結界が存在するのか』

「ね。古代叡知《えいち》の傑作らしいけど」

『我は聞いたことがないな』

永く生きているらしいブランが不可解そうに言うので、これは信用に値しない情報かもと判断する。アルもそんな結界がどうやって作られているのか想像もできない。だが、実際にこの国の暗部の者は、ノースに入国できなかったようなので、何かしらの対策があるのだろう。まあ、アルにはノースを害する気持ちなんて無いので関係ないはずである。

「ん？　なんか、魔物が来るね」

『強き者を知らない若い個体だろう』

「ふーん」

アルは基本的に魔物に避けられる。魔物は相手との力量差を見極めて勝てない戦いは挑まない。

だから、アルは狩りのときは自身の気配と魔力の放出を抑えるが、移動時はむしろ存在を主張するように魔力を放つことにしていた。食べるでも無い魔物を倒すことに意義を見いだしていないからだ。それがどこかの村を襲う魔物だろうと、命有るものが死ぬのは弱肉強食の自然の摂理としか言いようがない。それが親しい者ならば手の届く限り守るだろうが、今のアルにそんな存在はいない。ブランはアルが守る必要はないくらい強いし。

「よいしょっと」

『む。戦わんのか』

風の魔力を集めて近くの大木に飛び乗る。アルは魔力が放つ光が好きで、子どもの頃よく風の魔力を集めては散らして遊んだ。普通の人には見えないらしい魔力の軌跡は、アルの魔力眼にはキラキラと光って見える。そうして遊んだお陰か、アルは風の扱いが得意だった。

「食べるでもないのに倒す必要ある？　これでも襲って来るようなら倒すけど」

『ふん、若い個体を倒すくらい片手間でできように』

「面倒臭くて言っているんじゃないんだよ？」

首元にあるブランの頭をグリグリと撫でたら、嫌がって身をよじり肩で起き上がって、頭をバシバシと叩《たた》いてきた。撫でられるのが好きなくせに。

『我は愛玩動物ではないぞ！』

「分かっているって。ちょ、もう、進むから、大人しくして」

『むぅ』

再び伏せてしがみつくブランをつれて次の木へと跳び移った。


木々を跳んで進むと、アルに向かって来ていた魔物が木に突進してきた。黒い巨体に大きな角。頭突きで大木が揺れる。

「え？　黒猛牛に見えるんだけど」

『我にもそう見えるな』

「なんでここにいるの」

『さて、はぐれものか？』

「黒猛牛って群れをつくるんだっけ」

『黒猛牛が群れをつくったら、生息圏で暮らす人間はひとたまりもないな』

「……はぐれものってなに」

『生息圏からのはぐれものだ。何かこやつの生息圏に強大な魔物がおりたったのやもしれん』

「えー、黒猛牛を追い出すような魔物って何さ。この辺にBランクとかAランクっていないよね？」

アルが木で立ち止まりブランと話す間も黒猛牛は木に突進し続けている。次第に揺れが大きくなってきた。この木が倒れるのも近そうだ。

『それより早く倒したらどうだ。これは今日の晩飯だ』

「そういうならブランが倒せばいいのに」

『我が手を出すほどのものではないだろう』

「どういう魔物相手なら相手するの？　まあ、いいけど」

ブランがアルの肩からひらりと枝におりる。さっさと行けと言うように、脚をパシパシと叩かれた。

その促しに従ってとりあえず魔法筒から魔力弾を打ち込んでみるが、さすがCランクであるからか、その皮すら傷つけることはできなかった。しかし、少なくない衝撃を感じさせたらしい。黒猛牛が警戒して数歩後退《あとずさ》りする。

「う〜ん、やっぱり魔法筒を使うと、魔法を使うより簡易で正確に狙えるけど、威力は低下するな。込めた魔力を十全に発揮できてないね」

『魔道具を分析する前に倒したらどうだ。晩飯が逃げるぞ』

黒猛牛がさっきよりも離れている。だが、ここから立ち去る様子はない。ただ見えない攻撃を警戒しているようだ。

本来の黒猛牛なら、いくら獰猛な質であろうと強大な魔力の持ち主に戦いを挑むことはないのに、何かがおかしい。見るところ、魔力の大きさを察知できないほど若い個体なわけでもないようだ。

「よく分からないけど、僕を狙い続けるなら仕方ないな」

アルが違う木に跳び移ると、黒猛牛も向きを変えた。あくまでもアルを狙っているらしい。

ブランは眼中になさそうだ。

黒猛牛から水球弾が飛んできたので、それを避《よ》けて跳び上がった。水球弾が枝に直撃しへし折る。アルが一抱えにできなさそうな太い枝だったのに一撃でこれだ。アルに当たっていたら、命を失っていたかもしれない。

「よっと」

「ブモォオッ」

アイテムバッグから取り出した剣を片手に木から飛び下りた。アルは貴族時代から剣術を学び、冒険者として実戦経験も積んできた。しかし、持っている剣はごく一般的な剣であるため、魔物に対して大きな効果は見込めない。

「流石《さすが》に普通に斬りつけても駄目だろうな」

黒猛牛が襲ってこようとする様子を見ながら、持っている剣に風の魔力を纏わせる。剣に使われている素材は魔力への親和性が低いので、あまり大きな魔力を注ぐことはできなかった。

剣に限界まで魔力を注いだところで、突進してくる黒猛牛を避けて横手から首筋を斬りつける。しかし、僅かに避けられ首筋を半分に満たない程度抉《えぐ》りとるにとどまった。ボトボトと血肉が飛び散るのを跳び退《すさ》って避ける。

「風を添わせてこれだけか。なかなか硬いね、お前」

「ブモッモォオッ」

「なに言っているか全然分かんない」

黒猛牛が興奮して再びアルに突進してくる。その巨体をひらりと躱《かわ》しながら口内で呪文を唱えた。普通に魔法を詠唱するのは久しぶりだ。

「我風を纏うもの。我望むは一風の貫通。我の望みを叶《かな》え給《たま》え」

黒猛牛の横手に回り、先ほど斬りつけた首筋を指差す。

「風の刃《ウィンドエッジ》」

「モォォォオオッ」

淡く緑に光る魔力光が黒猛牛に飛び込む。それは黒猛牛を貫き、通りすぎて向こうに立つ木までも切断して消えた。

「あっ」

『のわぁあっ』

切断されて倒れる木から白い毛玉が落ちてくる。それは空中でひらりと体勢を変え、スタッと地面に下り立った。

「ごめん、ブラン。ちょっと勢いがありすぎたみたい」

『この馬鹿力めっ。森の中でそんな魔力を込めた魔法を放つな！　森を破壊する気か！』

仁王立ちしてガミガミと叱りつけてくる毛玉を抱き上げて、乱れた毛並みを整えてやる。

「ごめんって。黒猛牛だけを貫くつもりだったんだけど、想定より柔らかかったみたい」

『お前の魔力は馬鹿高いのだと自覚しろっ。普通の初級魔法でも加減を見誤ればこの辺一帯を破壊し尽くすぞっ』

「だから火の魔法じゃなくて風を使ったんだけどな」

『当然だ！　森で火を放つのは自殺行為だぞ』

ようやく落ち着いてきたブランが肩の定位置におさまる。

黒猛牛を見ると首から出た血が止まろうとしていた。血溜《ちだ》まりを歩いて行くのが嫌で、魔力を操って黒猛牛を宙に浮かせる。しっかりと血抜きしてから捌きたい。

「やっぱり、攻撃用の魔道具をもっと考えないとな。森の中じゃ攻撃しにくいや」

『ふんっ、黒猛牛は皮が硬いのだ。それを剣の一太刀で斬れるなら、たいていの魔物は一撃で殺せる』

「ああ、やっぱり黒猛牛の硬さってCランクだと格段のものなんだね」

『お前は、戦う前に鑑定することを覚えたらどうだ』

「あっ」

たいていの魔物は難なく倒せるので、アルはつい戦闘前の鑑定を忘れてしまう。今回もすっかり忘れていた。遅ればせながら鑑定してみると、何か違和感があった。

「……何これ。使役状態？」

『使役だと？　黒猛牛が、か？』

「うん。何か埋め込まれているみたい」

血が止まった黒猛牛を近くに引き寄せて、つぶさに観察する。すると、後ろ脚の付け根に何かが刺さっていた。

「……これ」

『なんだ』

引き抜いてみると、返しがついていたのかかなりの抵抗があった。刺さっていた部分はトゲトゲしている。全体が黒い半透明な結晶のようなもので出来ていた。

「魔石？」

『なに？　魔石を加工しているのか？』

「そうみたい。ここ、魔法陣がある」

『使役の魔法陣か』

「そう。……人を探して襲うように仕組んであるね」

『ほう。アルを狙ったのはそのせいか』

「そうみたい」

魔石をこの形に加工するにはかなりの技量が必要だ。またこれほどの大きさの魔石を得られるのはBランク以上の魔物だろう。これほどの逸品をCランクの黒猛牛に埋め込むのは少し勿《もっ》体《たい》ない気がする。

『お前の追手が放ったのか』

「う～ん、あの国にはここまで技量がある人間いないと思うけど。隣国ならまだ分かる」

『だが、隣国は少し離れていないか？』

「そうだよね。目的もないし」

『援軍を断った腹いせは？』

「そんなことをする余力は隣国にはもうないでしょ」

『隣国が作ったものをこの国の者が使った可能性もあるな』

「小国ノースが放った可能性もあるね」

考えても答えは見つからない。刻まれている魔法陣が各国で禁忌とされているものであるため、国とは関係ない裏組織の可能性も考えられる。目的は分からないが。

「これさ、僕がいなかったらどこに行ったのかな」

『ん？　……公爵領か』

ここはまだ公爵領に位置する森だ。この場所にアルがいなかったら、黒猛牛は人を探して公爵領の村や町を襲っただろう。突然襲ってくるCランクの魔物にどれほどの人間が犠牲になったであろうか。高ランクの冒険者が常駐しないところでは、村の全滅もあり得る。

『無差別に人を襲わせるのが目的なら、使役されているのは黒猛牛一体とは限らんな』

「そうだよね」

今のところ、アルを狙ってくるような魔物の気配は無い。

そもそも黒猛牛はもっと北に生息する魔物だ。使役した者は、わざわざそんなところから黒猛牛を連れてきたのだろうか。

『まあ、いい。とりあえずこいつを捌いたらどうだ？』

「……え、これ食べるの」

『なに？　食わんつもりなのか！』

「だってこれ使役されていたんだよ？　なんか変なのがついていたら嫌じゃない？」

『使役はその魔道具によるものだろう？　肉には何の関係もないぞ』

「えー、気分的に関係あるよ」

『鑑定しろ。問題なければいいだろう！』

「……分かったって」

改めて鑑定してみると、使役の文字は消えていた。魔石で作られた魔道具だけが異常の原因だったようだ。

「仕方ないな」

諦めつつ気合いを入れて解体に取りかかった。


黒猛牛を丁寧に捌いていたらだいぶ時間がかかってしまった。やり始めたら妥協できない性格の自分がちょっと恨めしい。

『昼飯で肉食うぞ！』

「え……」

やっと捌き終わったと思ったらこれである。確かに日は昼になろうとしているが、少しは労《いたわ》りを覚えてほしい。

「……まず移動だね。こんな血の臭いがするところで食事したくないし。血に寄せられて魔物に集《たか》られて面倒だからね」

『うむ。我も血生臭い中では流石に落ち着かん。ほれ、さっさと移動せんか！』

ひょいとブランが肩に乗ってくる。それにため息をつきながらアイテムバッグを背負った。

暫《しばら》く歩くと川が流れていた。公爵領とその隣の子爵領を分けている川だ。川の先にも森は続いているが、この川原で昼食をとることにする。川のせせらぎを聞きながら肉をアイテムバッグから取り出した。

「ブラン、どの部位食べる？」

『全部だ。全部位焼くぞ！』

「……ちょっとずつだからね？」

『ケチ臭い奴《やつ》め』

「ブランそのうち太ってまん丸毛玉になるんじゃない？」

『なんだと!?　このスレンダーな体軀《たいく》を見ろ！　太るわけがなかろう！』

「ブラン、普段全然動かないのにたくさん食べるからなー」

ブランが簡単に太らないことは分かっている。何せこの子狐《こぎつね》の姿は変化によるものなのだから。ただあまりに『飯だ、飯！』と騒がれると少し煩いので釘《くぎ》を刺してみた。ブランは文句を言うが、少し気にした様子で腹回りを揉《も》んでいるようだ。

種類ごとに分けた部位を全部出し、昼に食べる分を切り出す。部位ごとに厚みを変えて、食感を楽しめるようにした。

「ブラン、火の準備をして」

『む？　我を小間使いにするのか』

ブランはぶつくさ文句を言いながら、アルが集めておいた薪にボアッと火を吹いた。

魔物の魔法の使い方は不思議だ。詠唱も魔法陣もなく、タイムラグなしで魔法を発動できる。人間は魔力ひとつ動かすのにも苦労するのが普通だ。でも、アルは人間にしては珍しく何故か容易に魔力を扱える。

「さて、どこから焼くかな」

『まずは、さっぱりタンからだな』

「はいはい」

ブランが用意した火に金網をセットして肉を並べる。どうせブランがバクバクと食べるだろうからたくさん並べた。

『まだ焼けんのか』

「まだだよ」

もくもくと煙が上がるので風上に逃げる。良い匂いが食欲をそそった。

肉には上から塩胡椒を振って味付けし、少し考えてからレモンを小皿に搾った。タンはさっぱり食べたい。

『もういいだろう？』

「そうだね」

肉のほとんどをブランの皿に取り分けると、ブランがハグハグと頬張った。自分の分も取り分け、次の肉を並べておく。モモやカルビなど色々混ぜて焼いた。

「あ、美味しいね。弾力があって旨味が出てくる」

『旨いっ！　……我にもレモンくれ』

「はいはい」

ブランの分にもレモンをかけてやる。レモンをかけるとさっぱりしていくらでも食べられそうだ。日差しが温かくて、火の前にいると汗が流れるが、それもなんだか気持ちがいい。更に肉を美味しく感じさせた。

『次くれ！』

「んー、はい」

アルの分の五倍はあるだろう量を瞬く間に食べきったブランに催促され、焼けた物を皿に追加してやる。アルも皿にとって食べた。

『カルビは脂が甘いな。旨い』

「そうだねー。でも、胃もたれしてあんまり食べられなさそう」

『そうか？　ならば我が食ってやろう！』

「じゃあのせるよー」

アルにはあまり脂っぽい物は合わなかったので、ドカドカとブランの皿にのせてやる。残った美味しそうな部分をゆっくり味わった。

『くふーっ、食ったー』

「ご馳走《ちそう》さま」

たくさん食べても膨らんでいない腹を満足げに叩くブランの横で即座に片付けを始める。今日は予定よりも歩いた距離が短い。今日中に子爵領内の森を進んでおきたかった。

『むふむふ。昼寝に良い日差しだな』

「寝ないよ？　今日はもっと進むんだからね」

ブランの言う通り昼寝に良さそうな日差しと温度で、正直寝転がりたい気分ではあった。でも旅の序盤で怠けすぎるのも良くないと自分を叱咤《しった》する。

『そんなに急がなくても良かろうに』

「とりあえず公爵領は離れたいの」

『隣の領は森が深くないからこっちで泊まってから一気に行った方が良さそうだがな』

「……そうだけど、子爵領を一気に行くのは無理なんだから、どっちにしろ、森の浅いところで泊まるよ？」

『ふむ。そうか、まあいい。その辺の人間どもが束でかかろうと問題はないな』

「僕を追ってくる者がいたら戦いになるもんね。それは面倒だし嫌だな」

ゴロゴロと寝転がるブランを抱き上げて肩に乗せてやる。食べた物がどこに消えたのか、いつもと変わらない重さがくるりと首に巻き付いた。

『……我は寝るぞ？』

「どうぞ。どうせブラン何もしないんでしょ」

『役立たずみたいな言い方するなよ。我が手を出すほどのものがないだけだ』

「はいはい」

首もとでモゴモゴと話す頭をポンポン叩く。ブランの声は次第に寝息に変わった。

肩の重さを感じながら川に向かう。深さはないが、少し流れが速いところがある。濡《ぬ》れるのも面倒なので、風の魔力を纏って所々にある岩に跳躍して渡った。

「こっちに来ると、ちょっと植生が変わるのかな」

子爵領の森に入るとすぐに果物の木が目にはいった。アプルの実だ。大半が未熟だが、日によく当たった実は赤く熟れている。

ジャンプでも採れそうだが、寝ているブランに文句を言われそうなので風の魔力を操って採る。

甘い薫りが漂う実を袖でぬぐってかぶりつくと、ジュワッと果汁が溢《あふ》れて、さっぱりとした甘さが広がる。

「美味しいな。全部食べちゃったら後でブランに文句言われちゃう」

よく熟れた実を追加で採取してバッグに放り込んでおいた。

思わぬ幸運に巡りあい、気分をあげながら先に進む。至るところに果実の木があり、度々立ち止まって採取する。これほど実が残っているということは、果実を食べる魔物があまりおらず、村人などもあまり採りに来ないのだろう。黒猛牛が時々木を倒して果実を食べていると聞いたことがあるから、この辺に出るのかも知れない。倒木になった果樹を横目に通りすぎる。

「ん？　これは……」

倒木に蔓《つる》が巻き付いていた。薬草に分類される植物だが、この辺に生えると聞いたことがない。もっと西の隣国や帝国よりの植物のはずだ。

「……変だな」

とりあえずこの辺では希少なものなので採取しておく。アルはある程度の薬の調合はできるので、後で傷薬にするつもりだ。この葉は上級の傷薬になる。

「んー、ブランじゃないけど、眠たくなる気候だな」

木漏れ日は目に優しく、ほのかな熱を与える。昼寝をしたら気持ちいいだろう。

「ん？」

遠くから聞こえる魔物の声や鳥の囀りに耳をすませていたら、異質な嘶《いなな》きが聴こえた。魔物が馬を襲っているようだ。

「魔物にとっては馬って容易《たやす》く狩れて、食べ応えがあるもんね」

恐らく商人か旅人の馬が襲われているのだろう。少しだけ助けに行くべきか迷った。魔物が生きていくために狩りをするのは当然のことなので、アルが人の味方をして割り込むのは気が進まない。

「……とりあえず行ってみるかな。死体が残るようだと衛生的に良くないし」

魔物は本能的に弱い人間を襲うが、食べることはあまりない。死体が残されると疫病の原因になったりアンデッドになったりするので、アルは後処理のために向かうことにした。

四．人嫌いは面倒事を回避したい

森を進んだ先には細道があった。藪《やぶ》から覗き込むと、その細道は正規の道ではなく、恐らく馬車が踏み進んだ跡が続いたものだと分かる。左右が木々や藪に囲まれているので馬車では方向転換することができない。

「ぐわっ、この……、獣め！」

「おい！　早くこっちを助けてくれ！」

「こっちの処理で手一杯だよっ。自分でなんとかしろ！」

「お前は俺の護衛だろ！　さっさと魔物を倒せ！」

二人の男が魔物と戦っていた。襲っているのは黒狼《ブラックウルフ》の群れだ。黒狼《ブラックウルフ》がこんな人が通るようなところまでおりてくるのは珍しい。森の浅いところにいる狼はたいていい森狼だ。黒狼《ブラックウルフ》と森狼では、魔物ランクが二つは違う。護衛の冒険者はそれなりに腕が立つようだが、馬車を守りつつ黒狼《ブラックウルフ》の群れと戦うのは無理だろう。

負けを悟った冒険者の目が退路を探している。護衛任務を失敗しようと、命の方が大事なのだから。そもそも、馬車の護衛を一人でしているのはおかしい。

商人らしき男は拙い剣術で黒狼《ブラックウルフ》を凌《しの》いでいたが、すぐに限界がきた。体力が無くなり、一瞬動きを止めた瞬間にその横手から黒狼《ブラックウルフ》が喉に噛《か》みつく。

「ぐわあぁぁあっ」

「くそっ、やってられっか！」

それを見た冒険者は、自分が対峙していた黒狼《ブラックウルフ》を蹴飛ばし後退しようとする。だが、黒狼《ブラックウルフ》には逃げるものほど追う習性がある。冒険者は四方八方から襲いかかられた。

「がぁっ……ぐ、ふっ……」

四肢に噛みつかれてなす術《すべ》もなく倒れ伏す。その喉に黒狼《ブラックウルフ》が噛みついた。動かなくなった頃、黒狼《ブラックウルフ》たちは満足げに辺りを彷徨き、その後、馬車を引いていた馬四頭を引きずって森の奥へと帰っていった。

『……黒狼《ブラックウルフ》がなんでこんな浅いところにいたのだ』

「ブラン起きたんだ」

『さすがにこんな殺気にまみれたところにいれば起きるに決まっとろうが。なんでこんなところに近づいているのだ？　避ければよかろうに』

「んー、死体処理はした方が良くない？　こんな街道でもないところで死なれるとさ」

『魔物は滅多に人を食わんが、他の肉食動物が食うだろう。ほっとけ』

「……なんでこんなところを馬車が通っているのか気になるから、ちょっと探ってみる」

『……はぁ』

アルが言うとブランはため息をついて黙った。反対を続けるほどの意思はないようだ。

馬車の辺りに近づくと、死体は二体だけではなかった。冒険者らしき姿が馬車の周囲に点在している。アルが辿り着くまでに多くが亡くなっていたらしい。

手近にいた冒険者の荷物を探ると、首から金属プレートがさがっていた。鈍色に光を反射するそれを服の下に隠していたようだ。

「ノース国冒険者ギルド所属Ｄランク」

『む？　北の小国か』

「そうだね。彼らは小国ノースからの商隊みたいだね」

馬車は二台。倒れているのは商人一人と冒険者六人。妥当な人数だろう。森狼に対するには十分な数だ。しかし、黒猛牛や黒狼《ブラックウルフ》に対峙するには全く足りない。彼らにしても、ここで黒狼《ブラックウルフ》に出会うのは予想外の出来事だったのだろう。

「黒猛牛が使役されていたことでこの辺の森の生態系が狂っているのかな。黒猛牛を使役できるくらいの実力者がこの森で使役する魔物を探し回ったのなら、黒狼《ブラックウルフ》が浅いところに出るくらい、この森が荒らされているのかも」

『そうだな』

ブランが風の匂いを感じとるように鼻を空に向け、耳をピクピク動かした。暫くして顔を森の奥に向ける。

公爵領の森ほどの深さはないとはいえ、この森も浅部と深部で魔物の生息種は明確に区別があったはずなのだ。しかし、今ではその境界が曖昧になっている。魔物たちがそれぞれの縄張りを侵されて暴れまわり、森の奥から追い出される魔物が数多くいるようだ。

『……森を知らぬ者が我が物顔で荒らしおって』

「子爵領は、今後暫くは魔物の被害が大きいかもね」

本来はあまり森を離れないはずの魔物が、当たり前に街道や村に出現するようになるかもしれない。

『だいぶ森の空気が乱れている。これが戻るにはそれなりの時間が必要だ』

「そう……」

長く生きているブランをしてそれなりと言うのは、人の一生に値する時間かもしれない。それでも、アルは動揺なく頷き頭を切り替えた。アルにとって、この子爵領はただの通り道に過ぎない。問題を深掘りするつもりはなかった。

「さて、この商人はなんの商品を扱っていたんだろ？」

『甘味か？』

「そんなものを扱っているようには見えないよねー」

とりあえず近場の馬車の中身を調べてみる。半壊した扉を開くと、人ひとり分の座席と荷物置き場があった。ここに商人が座っていたらしい。なぜ外に出て魔物に相対したのだろう。引きこもっていれば黒狼《ブラックウルフ》に見逃されたかもしれないのに。

「ん？　たいしたものは積んでないな。これほとんど旅の食料とかテントだ」

『旨いものか？』

「旅の保存食に味を求めちゃダメだよ。僕のみたいな、時間停止機能のあるアイテムバッグじゃないいんだし」

『つまらん』

荷物を探ると塩漬けの干し肉や堅パン、チーズなどが主だった。それにしても食事のバリエーションがない。食事に飽きないのだろうか。

「お？　鉱物もあるみたい」

『光り物か。腹の足しにはならんな』

「ブランは食べることばっかりだね。この鉱物、量はないけど質の良いものばかりだから売れば結構良い値になるはずだよ。それでなにか美味しそうなものでも買う？」

『早くそれを収納していくぞ！　我は久々に甘味を食べたい！』

「はいはい、ちょっと待っていてね」

急にテンションが上がるブランを宥《なだ》めつつ、もう一台の馬車に向かう。外れかかった扉から覗き込むとなにか動くものが見えた。

「……うわ、なんかめんどくさいもの見つけちゃったかも」

『なに？』

「……よし、放って行こう」

『……うむ』

アルが見たものにブランも気づき顰《しか》め面《つら》になる。その皺《しわ》が寄った鼻筋をこしょこしょと揉みながらそっとその場を離れようとした。この気配に気づかなかったのは不覚だった。

「……ち、ちょっと、あなたたち！　なに見ないふりしようとしているの!?　ここは助けるところでしょ！」

「お、おねぇちゃん……」

聴こえた声にピタリと足が止まる。女の声だ。十代の女が六人ほど、馬車に詰め込まれているようだ。

「君たち、奴隷？」

「ち、違うわよ！」

馬車に向き直ってとりあえず聞いてみると、動揺した否定が返ってきた。あからさまに嘘だ。

「……犯罪奴隷かな」

「なっ」

女の首に金属の首輪があった。

奴隷は犯罪奴隷と借金奴隷、奉公奴隷に分かれる。

最も人権が保証されているのが奉公奴隷で、これは口外禁止の職を担うために口止めの誓約魔法がかけられているだけで、賃金も休暇も貰《もら》えるので時に奴隷と分類されないこともある。借金奴隷は文字通り借金のために身売りした者。奴隷として働き、借金に利子をつけて返すと奴隷身分から解放される。賃金は少ししか貰えないが、休暇は貰える。仕事は選べない。

それに対し、犯罪奴隷は特別に扱いが悪い。犯罪の罰として奴隷になっているので、基本的に奴隷身分から解放されることはないし、賃金も与えられない。最低限餓死しないように扱われる程度である。

金属の首輪をつけられるのは、犯罪奴隷だけだ。

「……は、犯罪奴隷以外もいるわ！」

「だからなんなの」

「この奴隷商人は違法な商人だったの！　私たちは無理やり国から連れ出されたのよ！」

「……」

女たちの顔を順繰りに見ると、首輪をつけているのは二人だけだ。他は恐らく借金奴隷だろう。犯罪奴隷は本来主人のことについてなどを他に語れないはずだが、商人が死んだことでその誓約が切れているらしい。ペラペラとしゃべる。

「この先の公爵のところに性奴隷として秘密裏に運ばれていたのよ。助けてちょうだい」

「性奴隷？」

本来性奴隷という身分は存在しない。奉公奴隷や借金奴隷に性行為を強いるのは違法で捕まる。犯罪奴隷は構わないので、性奴隷＝犯罪奴隷と一般的には考えられている。

この犯罪奴隷の女はともかく、他の借金奴隷は奴隷法に違反した方法でつれてこられたらしい。しかも、アルの父である公爵のもとに。

「……めんどうくさいなぁ」

暫《しば》し考える。犯罪奴隷はどうでもいい。犯罪奴隷は生きようが死のうが社会的に重視されないのだ。しかし、借金奴隷は違う。本来危険がないところで粛々と働いて借金を返すだけのはずだったのだ。

「ねぇ、助けてちょうだいよ。私たちここにいたら狼に食べられてしまうわ」

「まあ、魔物じゃない狼ならそうかもね」

「でしょう！　近くの村まででいいの」

「……はあ」

仕方ない。色気を漂わせ媚《こ》びをうる風情の女は面倒だし助ける必要性を感じないが、他の怯《おび》えた女は可哀想《かわいそう》だ。奴隷が不遇の身になることなんて世の中に数えきれないほどあるのだが、この目で見てしまえば放っておくのも後味が悪い。

『……つれて行くのか』

「近くの村までだよ」

「ありがとう！」

ブランの言葉はアル以外には伝わらないので、ブランにした返事を自分へのものと勘違いした女が顔に喜色を浮かべる。その首輪へさっと手を伸ばした。

「なっ！」

「一応これに主人登録しといたから。村で譲り渡すね」

「ぐっ」

顔を赤くして睨《にら》み付《つ》けてくる女は、アルが思った通りだったようだ。つまり、アルの隙をみて逃げ出そうとしていたのだろう。アルの荷物を盗んで。

犯罪奴隷の首輪は魔力を通すことで主人登録される。そうすれば奴隷は主人に逆らえなくなるのだ。アルは魔力の扱いが上手いので、一瞬で主人登録できた。ついでにもう一人の女にも登録しておく。

「……私みたいな女が村に譲り渡されたら、そこでどうなるかなんて考えなくても分かるでしょう」

「そうだね。僕は犯罪奴隷の扱いをあれこれ言うつもりはないよ。狼に食べられるよりいいでしょ？」

「……クソッ、ガキだと思って油断した」

失礼な言い草だ。アルは既に十八歳で成人しているのだ。

『なんだ、この禍々《まがまが》しい女は。殺した数は一人や二人ではなさそうだな』

「……」

顔をしかめてそっぽを向くブランを撫でてから準備する。馬車は壊れているし馬もいないので、女たちには歩いて貰わなければならない。あと、一応奴隷の身元の確認をするために書類を見たい。借金奴隷は既に主人が亡くなっているから奴隷身分から解放して村におくことも考えられる。

商人の馬車を改めて調べてみると、座席の下から書類が出てきた。書類を見ると、犯罪奴隷の二人は強盗殺人を繰り返した末に犯罪奴隷になったようだ。色仕掛けで男ばかりを何十人と手にかけている。

借金奴隷はほとんど親の借金を背負ってのもののようだ。

あらかた、冒険者や商人の荷物を集め終わってから馬車の外で待っていた女たちに声をかける。

「よし、行くよ」

「ちっ……」

「よろしくお願いします……」

犯罪奴隷の女は舌打ちしつつアルに従う。借金奴隷たちは大人しいものだ。騒げば再び魔物に襲われるのではないかと警戒しているのだろう。

『村までどれくらいだ』

「夕方までにはつくはずだよ」

『そうか』

女たちが少し安堵《あんど》する。夜の森は更に恐ろしいのだ。日があるうちに人里につかなければ死ぬ可能性が高まる。

「あんた魔物と戦えるのか？」

「そうじゃなきゃ森の中を歩かないよ」

「ふんっ」

暫し歩くと狼の群れが現れた。アルにとっては魔物より獣の方が面倒だ。獣は魔力の大きさを察して戦いを避けるという知能を持たないからだ。

魔法筒から適当に魔力弾を打ち出した。群れに生きるものは、リーダーさえ退ければ退散することが多い。リーダーを魔力弾で倒すと、敗色を悟った狼の群れが逃げだした。リーダーの横にいた若そうな狼が新たなリーダーとなったようだ。そっちも倒していなくてよかった。

「……結構な腕前じゃないか。なぜ全部倒さないんだい」

「必要性がない」

目を見張った女の言葉に簡潔に返す。どうせ数時間の付き合いだ。あまり会話したくない。

他の女たちは、アルの実力を知って安堵しアルの後ろに固まって歩いた。

「……変な奴だ」

森を歩き続けて村が見えてきた。女たちは顔を疲労で歪めながらもホッと息をつく。

村の簡易柵の外側では、門番らしき男が森から出てきたアルを驚いたようにマジマジとみつめていた。

「こんにちは」

「お、おう。おめぇたち、森を歩いてきたのか……？」

「はい」

こんなに女ばかりの集団が森から来るなんて異様な光景だろう。門番は戸惑った顔をしていた。

「彼女たちは、魔物に襲われて亡くなった商人が連れていた奴隷です。彼女たちの権利を譲ろうと思うのですが、村長に会えますか？」

「……そりゃあ、いいな」

門番の目に好色の光がよぎった。女たちがそれに気づいて身を固める。こういう村は基本的に女の数が少ない。森に近い村は魔物の恐怖と共にあるから、若い女は都市部に出ていってしまうのだ。

「中に入っても？」

「一応身分証を」

門番に冒険者ギルドのプレートを見せる。貴族時代にこっそりと身分を偽って作ったものだ。

「……その若さでDランクか」

「ええ」

あまり依頼を受けていないのでランクは低いが、身分証としては十分だ。

「じゃ、入っていいぞ。……お～い、ダンカス、交代だ」

「おう、分かった」

ちょうど交代にやって来ていた男が軽く頷いた。事情は聞こえていたらしい。ニヤッと笑って送り出してくれる。村にやって来た奴隷を歓迎しているようだ。

「こっちだ」

男に連れられるまま村の中心に向かう。村人の視線が女たちを追っているのを感じて少し辟《へき》易《えき》する。

「村長、客だ」

「なんだ……？」

村の中で最も立派な家に通された。中で座っていた中年の男が、変わった組み合わせの集団を不審げに眺めた。

「はじめまして。僕は魔物に襲われて亡くなった商人の奴隷をお譲りしたく参りました」

「……うちの村は奴隷を買う金はねぇぞ」

「でしょうね。ただ、僕は旅の途中なので、彼女たちは邪魔なのです」

「タダでくれるとでも？」

「いえ、こちらの二人」

アルが犯罪奴隷二人を村長の前につき出す。

「奴隷として譲ります。これを対価として、あとの女は借金奴隷なので奴隷身分から解放します。彼女たちが生活できるよう保護してください」

「「なっ！」」

「……なるほど」

犯罪奴隷二人が動揺して声を出す。村長はアルの考えを理解して頷いた。借金奴隷たちは少し安心した様子で体の力を抜く。

「俺がそれを守ると思うのか」

「あなたは守るでしょう。そんな顔をしています」

「ハッハッハッ。面白いな。俺の顔を見てそんなことを言うとは」

村長の顔は控えめに言っても堅気じゃない。恐らく、若い頃はそれなりの腕を持つ冒険者だったはずだ。魔物によってできた傷痕が残っている。

「いいだろう。その二人の女を奴隷として引き取る。あとの女は村民として受け入れよう」

「ありがとうございます」

受け入れた村長の指示に従って、犯罪奴隷の誓約を書き換える。主人である村長とその村民に反抗せず言うことをきくようにして、主人契約を書き換えた。

犯罪奴隷二人が睨み付けてくるのを無視して、他の借金奴隷たちの腕に巻かれた奴隷輪を外す。犯罪奴隷の二人は、村長に指示を受けた門番の男に連れられてどこかに消えていった。最後までアルを睨み付けたままだった。

「お前、若いが力がありそうだな」

「どうでしょうね」

「泊まっていくだろ？」

借金奴隷だった女たちをとりあえず客間に通した村長がアルを誘う。しかし、それにアルは首を横に振った。アルはこれ以上人里にいたくなかったのだ。

「いえ、旅を急ぐので」

「……そうか、気を付けろよ」

深く聞かない村長に頭を下げ、村を出ることにした。


「あー、無駄に時間使ったな」

『うむ。今度からはさっさと離れるべきだな』

「そうだね」

暗くなりつつある森を奥へと歩く。アルにとっては森にいる方が心安らかなのだ。

『どこで野営するのだ？　我は腹が減ったぞ』

「もうちょっと奥かな。この辺だと、ばったり人に出会《でくわ》しそう」

『夜に森に入るのはそういないと思うがな』

「うーん……あっ」

『なんだ？』

淡いピンクの花が咲き誇る開けた場所に出てきた。この森にこんなところがあるとは知らなかった。凡《おおよ》そ十メートル四方の草原がピンク色に染まっていて、幻想的な雰囲気だ。

「これ、植えているものかな」

『森で栽培をする者がいるものか』

「じゃあ天然のものか」

アルがニヤリと笑う。ブランはそれを見て首を傾げていた。この花がどういうものか知らないらしい。

「これ、糖蜜花っていう植物でね。煮詰めると華やかな香りの水飴《みずあめ》になるんだよ」

『なに、水飴とはあののびる甘味か!?　早く採取するのだ！』

「分かっているよ」

パシパシ叩いて催促されて、苦笑しながら魔力を駆使して花びらを採取した。魔力を動かすのは攻撃には不向きだが、対象を傷つけないので細かい作業には最適なのだ。

「じゃあ、もう少し進んでから野営にしよう」

『早く行くぞ！』

糖蜜花を採取し終わり改めて歩を進めた。

野営に適した場所を見つけて準備を始める。既にだいぶ暗くなっていて、慌てて光を灯《とも》した。周囲は木に囲まれているが、テントをたてるのに丁度よい平地を見つけられた。どこからか夜の虫の音が聞こえてくる。

「今日の晩ご飯は黒猛牛の煮込みにするからちょっと待っててね」

『なに？　我は炙《あぶ》り焼《や》きでいいぞ』

「ダメ。違う食べ方もしたいの」

テントをたてて調理を開始すると、周りをチョロチョロとブランが動き回った。よほど腹が減ったらしい。

まず鍋に糖蜜花を入れて水を加える。それを弱火で火にかけた。これはとりあえず放置でいい。

次に別の大きな鍋に厚めに切った黒猛牛をどんどんと入れて水を追加し強火で煮る。大きく切った芋とニンジンも一緒に煮た。沸騰したところで灰汁《あく》をとって、蓋をして後は加圧して煮込む。この鍋はアルが作った魔道具で加圧式時短鍋なのだ。加圧することにより短時間で肉が柔らかくなる。肉に火が通ったところでアイテムバッグから取り出したデミグラスソースを入れた。

『旨そうな匂いがするぞ』

「もうちょっとだからね」

待ちきれない様子のブランを撫でつつ、糖蜜花の鍋をかき混ぜた。既に花の固体がなくなり、淡いピンクの透明な液体になっている。これを煮詰めることで糖蜜花の水飴が完成するのだ。

「よし、仕上げに……」

加熱が終わった鍋をあけると、黒猛牛のブラウンシチューが出来上がり。ここに隠し味として糖蜜花の水飴を少し入れると深みのある甘味が加わる。

「いいできだね」

『食うぞ！』

既に皿の前に座ってブンブンと尻尾を振るブランを見て笑ってしまう。気持ちは分かるのでからかうことはせず、皿にたっぷり肉の入ったシチューをいれた。自分の分には焼いたガーリックバゲットを添える。

『なんだ、これは！　旨いぞ！』

「美味しいね。さすが黒猛牛、ソースの味に負けない旨味がある」

アルがゆっくりと味わっている間に、ブランは口周りを茶色に染めながらガツガツと食べ進める。いつもより勢いがあるので、よほど気に入ったようだ。

『おかわりだ！』

「はいはい」

皿に追加のシチューを入れてやると再びシチューに熱中する。ブランがおかわりを催促する前に鍋をバッグに仕舞った。残りは明日の昼ご飯にするのだ。

糖蜜花の水飴もたくさんできたのでバッグに仕舞おうと考えたが、その前にちょっと考えて全粒粉ビスケットを取り出した。ビスケットにクリームチーズをのせ、その上から水飴をかける。

「……うまぁ」

『なんだ、それは！　我にも寄越せ！』

一口食べた瞬間に糖蜜花の華やかな香りが口に広がり、その後すぐに優しい甘味とクリームチーズのほのかな酸味がやってくる。たいして手間をかけていないのに、極上のスイーツのようだった。

シチューを食べ終えたブランにも分けると、食べた瞬間に目を見張って固まった。衝撃的な美味しさだったようだ。すぐに我に返り、味わいながら食べ尽くす。

『旨かった。もっとくれてもいいんだぞ？』

「だーめ。これは限りがあるんだから、大事に食べよう？　糖蜜花の種を採取しておいたから、落ち着くところを見つけたら栽培しよう」

『食べ放題だな！』

「いや、そんなには無理だと思うけど」

目を輝かせるブランに苦笑して、頭を撫でた。食べ足りなさそうにするブランに、昼間に採取していたアプルの実を渡す。

『……これも旨いのだが、さっきの衝撃の後だとな』

「……確かに」

アプルの爽やかな甘味は口をスッキリと潤して興奮を鎮めてくれたけれど、少し物足りなく感じてしまった。

揺らぐ火を見て寛《くつろ》ぎながら、アルは食後のお茶を楽しむ。アルの膝の上で伏せて一足先に眠りに落ちたブランを撫でながら、虫の音に耳を澄ませた。人の気配がない森の中は、町とは違う騒がしさがあるけれど、それはアルの心を癒《いや》してくれるものだった。

五．食い意地の張った狐

目を覚ましたアルはテキパキと出立の準備を整えた。今日は日が昇る前に出発する。前日は予定よりも全然進めていなかったからだ。急ぐ旅ではないが、追手がかかる可能性を考えるとあまり同じ場所に留まりたくない。せめてこの国を出られたら心情的にゆっくりできるのだが、国境までは急いでも半日はかかる。

『今日は何を食う？』

「また？　あまり大きな魔物は解体に時間がかかるから嫌だな」

『何を言うのだ。でかいからこそ食い応えがあるのだぞ！』

「……はぁ。魔物ねぇ」

森の様子を探ってみると、あちらこちらに存在を感じる。だが、アルを避けるように動いているため、魔物に偶然出会すことはなさそうだ。

『魔力の放出を抑えろ。肉が逃げてしまうではないか』

「ブラン、別に魔物を狩らなくても食料は用意しているよ？」

『むぅ。肉はたくさんあるのか』

「……まあ、ブランが馬鹿食いしなければ」

『ならん！　ならんぞ！　我はしっかり肉を食いたい！』

「えー。僕は早くこの国出たいんだよ？」

『この森を暫く行ったら旨い猪《いのしし》がでるぞ』

「……猪？」

ちょっと興味がある。それを感じ取ったのか、ブランはニヤリと笑った。

『うむ。体は鮮やかな赤で、火の魔法を使う。肉は適度な脂の甘味と肉肉しい赤身の味わいが絶品なのだ。探しにいかんか？』

「……気になる。それって火焔猪《ファイアボア》だよね。火の魔法を使って、火の属性を帯びた魔石をとれる」

『魔石には詳しくないが、そうだろうな。毛皮は耐寒耐熱の防具になるらしいぞ』

「……ほしい」

アルが向かっているのは北にある魔の森である。気温が低く冬は零下になることもあるとか。北にある小国は一年の半分は雪に覆われているという。一応防寒着は用意しているが、少し心もとないと思っていたところだった。

『では探すぞ』

「はーい」

魔力の放出を抑えると、途端に魔物が活発に動き出す気配がする。だが、突然消えた気配に警戒しているのか近づいてくる様子はない。ブランも火焔猪《ファイアボア》の生息域はもう少し先だと言っていたので、少し急ぎめで向かうことにする。

「ブラン、ちゃんと掴まっていてね」

『言われんでも分かっている』

ブランの魔力がピタリとアルに寄り添う。ブランは魔力を補助にして、安定的に肩に乗っているのだ。

足下に風の魔力を集めて木々の合間を縫うように走る。ビュンッと景色が変わっていくのは見ていて楽しい。一瞬で周囲に視線を向け、走る経路を判断し、脚に力を込める。それを繰り返すと、火の魔力が濃厚に漂う場所を見つけた。

「ここが火焔猪《ファイアボア》の生息域かな？」

『うむ』

森のなかに忽然《こつぜん》と岩場が広がっていた。所々で煙が出ている。

魔物の気配がそこかしこにした。まだアルの存在は気づかれていないようだ。

「火焔猪《ファイアボア》って群れでいるのか」

『全部狩るか』

「やだよ。解体できないでしょ」

『まるごとそのバッグに入れればよいではないか』

「このバッグ、容量が決まっているんだよ？　そんなに入らないから」

『意外と役に立たないな、そのバッグ』

「これでも、作るのに苦労しているんだよ？」

ブランの言葉にちょっと傷ついたので、今後もっと容量が入るバッグを作ることを決意した。

だが、肉用のバッグを用意する方が簡単かもしれない。

『仕方がない。我が一体連れてきてやろう』

ブランが地面におりてビュンッと消えた。走っただけだろうが、速すぎて消えたように見えたのだ。

「いつもこれぐらいやる気があればいいのに。……いや、魔物狩りばかりさせられても面倒だな」

残されたアルはブランが呼んでくる火焔猪《ファイアボア》を待ち受けるため、木上に跳び上がった。

魔物の気配を探っていると、三つの気配が近づいてくるのが分かった。一つはブランのものだが、なぜ二体を追いたてているのだろうか。

「……一体って言ったでしょ」

きっと火焔猪《ファイアボア》を目にして、一体ではすぐ食べ終わってしまうことに気づいて、欲張ったのだ。ブランは食い意地でできているから。きっと食べ物のことしか考えていないのだ。ちょっと文句を思いつつも、黙って到着を待った。

「あ、来た」

赤い巨体が一体視界に入った。ブランは時間差をもって到着するよう調整して追いたてていたようだ。魔法筒を構え覗き込む。まだ遠いので狙いを定めるのは難しいが、できないことではない。

「発射～」

なんとなく口に出しつつ、魔法陣に魔力を流し魔力弾を撃ち込む。眉間に当たって巨体がドンッと倒れた。まだ死んでいないはずだから、脳震盪《のうしんとう》を起こしたのだろう。

遅れて追いたてられてきたもう一体は、仲間が倒れるのを目にしてパニックを起こし、前進も後退もできずに足踏みしている。動かない分だけ狙いやすいので、こちらも眉間を狙って魔力弾を撃ち込んだ。

「よいしょっと」

木から飛び下り火焔猪《ファイアボア》のもとに向かう。

『遅いな。こっちの肉はもう倒してしまったぞ』

「あ、倒してくれていたんだ、ありがとう」

最初に脳震盪を起こした方はブランが対処してくれていたようだ。それならわざわざこちらに追いたてなくとも、二体ともブランが倒して持ってきてくれたらいいのに。なぜかブランはアルに魔物の対処をさせたがるのだ。

残っている一体の首を剣で斬る。風の魔力を纏わせた剣は扱いやすくて切れ味がいい。ブランが倒した方も首が切られていたので、二体とも吊《つ》るして血抜きする。ブランは火魔法が得意なのだが、肉の損傷を防ぐために狩りでは風魔法を多用している。アルがいなかった頃は火魔法で丸焼きして、そのまま食べていたようだが。

「血抜きが終わったら、とりあえずここ離れようか」

『うむ』

岩場の魔物たちが血の匂いとアルたちの魔力に混乱し興奮して騒がしくなっているので、これ以上住みかを荒らさぬよう、早めに立ち去ることにした。

「あっ」

『む？』

ビュンッと移動していたら何かが跳び出してきて、反射的に剣で斬り捨ててしまった。立ち止まって斬ったもののところに向かう。

「角兎《ホーンラビット》だ」

『旨そうだが、肉が少ないな』

「そういうことは言ってないからね」

うっかり魔力を抑えたまま走っていたので、角兎《ホーンラビット》が襲ってきたらしい。首をはねて既に血抜きをされているようなので、拾い上げてバッグに放りこんだ。

角兎《ホーンラビット》はGランクの魔物であり冒険者でなくとも倒せるほど弱い魔物だが、肉は臭みがなく美味しい。繁殖力が高いので森ならどこにでもいて、昔からアルがよく食べていたものだ。安価な肉なのであまり貴族は食べないが、庶民には人気だ。

「もうちょっと行くと国境だね」

『そうだな。これ以上近づく前にこの辺で野営にするか？　これから国境を越えるには中途半端な時間だ』

ブランの言葉に視線を空に向けると、日が傾いてきていた。まだ夜には程遠いが、この調子で行けば確かに国境の関所近くで野営することになってしまう。そうすると人目につきやすいので、ブランの言うことは妥当だ。

時間があるならば火焔猪《ファイアボア》を捌いて、防寒着を作ることまでできそうだ。

「お昼食べ忘れちゃったな」

『腹が減った！』

あまりに走るのが気持ちよすぎて、昼食を忘れてしまった。ブランも言い出さなかったので、風を浴びるのが気持ちよくて忘れていたのだろう。

野営を決めたら急に腹が減った気がした。ちょうどよさそうなところにテントをはって、結界の魔道具をセットする。そこで昨日の残りのシチューを食べて少し休んだ。

十分休息がとれたところで、テントから少し離れて火焔猪《ファイアボア》を捌く。二メートル近い巨体なだけに、解体も一苦労だ。

『がんばれ～』

「……もう、ブランのせいで二体もあるんだからね」

丸めたブランケットに寝転がって寛ぐブランからの気の抜けた声援に脱力する。狐に解体ができるとは思えないからアルがするしかないのだが、なんとも不条理だ。

解体できたところで肉は仕舞い、皮の鞣《なめ》し溶剤を取り出す。これは毛皮に振りかけることですぐに加工可能にしてくれる魔法薬だ。森に生えている植物から作れるので、魔法薬を調合できる人間は村で重宝される。アルが持っている魔法薬は自分で作ったものだ。

毛皮に魔法薬を塗り込みしばし乾かす。その後、毛皮用のブラシをかけて毛並みを整えた。火焔猪《ファイアボア》は思っていたより毛が細く密集していて、上から触ると弾力がある。防寒性があるのも納得である。あまり重さはないので、羽織っても機動性は損なわれない。二体分もあるので、一体はコートにしてもう一体は売ることにした。

毛皮をカットして縫い合わせる。ゆとりをもって作ったので、剣を振るうのにも邪魔にならないだろう。

膝丈のコートができたところで暫し眺める。どう考えても鮮やかな赤色の毛は森で目立つ。町で使うにも派手すぎるだろう。

「ブラン、ちょっと採取にいってくるね」

『ん？　分かった』

とりあえずコートを仕舞って付近の森を探索して染色用の植物を採取することにした。歩きながら森を見渡すと、いたるところに有用な薬草が生えていて、ついでに採取しておく。ブランが好きなハーブスパイスの群生地もみつけたのでまとめて採取する。これは後で乾燥させなければならない。

暫く行くと探していた青菫《あおずみれ》の群生地があった。これは煮詰めると青みがかった黒色の染色液になる。この染色液は触媒を用いることで、元の色を無視して染め上げる。

たくさん生えているので遠慮なく必要分を採取した。これは量が多いほど黒みが増して綺麗《きれい》なのだ。

野営地に帰る途中でブラッドレモンもみつけたので熟したものを採っておく。これは赤いレモンなのだがとても酸っぱい。だが、オレンジオイルと混ぜると、酸味が抑えられた美味しいドレッシングになるのだ。

『帰ったか。何を採ってきたのだ』

「染色液用の植物だよ」

『なんだ、食いもんじゃないのか』

「もうお腹空いたの？」

『ふん。あれくらいで足りるものか』

「もうちょっと待っていてよ」

ブランケットに埋もれて寝そべる頭を撫でてから、再び作業に取りかかる。

染色用の大きな鍋に青菫《あおずみれ》をつめ水を加えて煮る。形が崩れ黒みのある濃い液体になってきたところで魔鉄屑《まてつくず》を加えた。これが触媒になるのだ。鍋を火から下ろして冷まし、毛皮のコートを漬け込む。暫し放置して触れないように取り出すと、鮮やかな赤色が黒色に染まっていた。これを乾かすと青みがかった色が出るので、とりあえず枝にかけて乾かした。

『アル、もうすぐ夜だぞー』

「はーい」

暗くなってきた森に気づいて明かりの魔道具を灯す。染色道具を片して、夕飯の準備を始めた。夜に鳴く虫が一足先に騒ぎ出していた。

「しゃぶしゃぶでいい？」

『しゃぶしゃぶ？　なんだそれは』

「あれ？　作ったことなかったっけ。なら今日の夕飯はしゃぶしゃぶにするね」

火焔猪《ファイアボア》の肉を薄切りにして、たくさん用意しておく。どうせブランがたくさん食べるのだ。野菜はアルが食べる分だけ切る。その後、鍋に水をいれて沸かし、やわらかな甘味を出してくれるハーブをいれる。これは肉を柔らかくし脂の臭みもとってくれるのだ。

『なんだ？　汁物か？』

「これで肉を茹《ゆ》でるんだよ」

『ほーん』

興味深そうにアルの肩から鍋を覗き込むブランを撫でて、タレの準備をする。作り置きしていたゴマだれとさっき採ったブラッドレモンで作ったドレッシングだ。肉を一枚ずつ茹でるのではブランの食べる速さに間に合わないので、最初から鍋にどさっといれてしまう。楽するのって大事。このくらい大胆な方が野外での食事の風情を感じられていいだろう。既にしゃぶしゃぶというより猪肉の水炊きになっているけど。

「よし、食べようか」

ちょこんと地面に座るブランの前に二つの皿を置く。ゴマだれをかけたものとレモンドレッシングをかけたものだ。

『う、旨いな！　肉が甘いぞ。柔らかいな』

「美味しいね。ゴマだれをかけるとちょっと香ばしくて肉の甘味がよく分かるし、ドレッシングだとさっぱりで食べやすい」

『うむ。我はこの柑橘の香りがするものの方が好きだ』

「そっか。僕もそうかも」

火焔猪《ファイアボア》の肉の甘味とドレッシングの酸味が合わさって、いくらでも食べられそうだ。

『もっとくれ』

「もう、いくら肉がたくさんあるにしても食べすぎだよ？」

『柑橘のやつをかけてくれ』

「全然聞いてないね？」

アルは自分の食事を終えるとブランの給仕係に専念した。肉を茹でるために火の前にいると暑くなってくる。時々吹いてくる風が涼しい空気を運んできて心地よかった。

「風が涼しぃね」

『そうか？』

「ブランは毛皮を纏っているから感じないのかな」

『毛皮……。その言い方は嫌だぞ。素晴らしき毛並みと言え』

「前々から思っていたけど、ブランは自分の毛並みに自信を持ちすぎじゃない？」

『アルだって、我の毛並みに魅了されていたではないか！』

「いつの話だよ」

『むぅ。お前、時々我を撫でて楽しんでいるだろう？　気づいているのだぞ』

「……バレていたか」

『分からんわけがなかろう』

ブランのドヤ顔に無性に腹が立ったので、とりあえず整った毛並みをぐしゃぐしゃに乱してやった。

六. 狐をおだてる

朝日を浴びて目覚めた。テントから外に出ると、下草が朝露で濡れている。

朝食の準備の前に枝にかけたままにしていた毛皮のコートの様子を確かめに行った。僅かに湿った感じがあるが、ここまで乾けば自然乾燥でなくとも色素が定着するだろう。

「我火を纏うもの。我望むは仄《ほの》かな熱。我の願いを叶え給え」

そっとコートに手で触れる。

「乾燥熱《ドライヒート》」

フワッとコートが膨らむ。暖かな熱がアルのところにまで届いた。限りなく魔力を絞って発動させてみたのだが、多少勢いが強い気がするものの、概《おおむ》ね上手くいったようだ。

魔力が大きいのは魔物避けには便利だが、日常で使うには少し不便だ。そのためにアルは魔道具作りを学んで細かい作業をできるようにしている。

今回は火焔猪《ファイアボア》の毛皮なので、多少失敗したところで大丈夫だろうと魔法を使ってみた。

「どこも燃えてないね」

『……乾燥だけのためなら、些《いささ》か強すぎだがな』

「わっ、ブラン起きていたんだ。そんな辛い評価はいらないよ」

毛並みを整えながら呆《あき》れた顔をしているブランに反駁《はんばく》しつつ、コートを手に取った。ほのかにまだ熱が残っている。羽織ってみると、朝の気温で少し冷えていた体が温もった。北に向かうにつれ気温が下がってきていたからこれは重宝するだろう。着て暑くなりすぎることもない。

『うむ。良い色合いだな』

「でしょう？　光が当たるとちょっと青っぽいんだ」

『そうだな。その色合いならば、町に入ったとしても悪目立ちせんだろう』

「ああ、そうだね」

コートの出来に満足して、羽織ったまま朝食の準備に取りかかる。思った以上に温度を快適に保ってくれるので、それほど寒くない状況でも着ていて問題ない。

「朝食はどうしようかな」

『肉だ！』

「えー、朝から？」

『朝にエネルギーを蓄えんと活動できんぞ』

「僕はともかく、ブランは動かないじゃないか」

『何を言う。我はいつだって何が起きてもいいように構えているのだ。頭を使っているからな』

「はいはい」

『むぅ。信じてないな』

捌《す》ねたブランは放っておいて、火焔猪《ファイアボア》のバラ肉を炒め始める。ハーブ塩を振りかけ味付けして、切れ目をいれた丸パンに挟んだ。肉汁がパンに染みて美味しそうだ。

『旨そうだな』

「はい、どうぞ」

ブランには三つ。アルは一つ。作り置き保存していた野菜たっぷりスープも注いで食べる。

器用に両手でパンを持ってかぶりついているブランを見ながら、さっと火を片付け、テントをアイテムバッグに仕舞う。ブランの食器を片せば準備は終了。

「よし、今日こそはノース国に向かうよ」

『走ればすぐだろう』

ブランの言ったとおりに木々を避けつつ走り抜ける。朝の冷たい風が頬を撫でるが、コートのお陰で体が冷えることはなかった。

『む？　とまれ。いい匂いがするぞ』

「えー、なに？」

『そこの藪の方だ』

とりあえず立ち止まってブランの指す方に向かうと、赤い実がいたるところになっている低木があった。親指の先ほどの実だ。

「ベリーじゃないか」

『これは旨いな』

ヒョイッとアルからおりたブランがいち早く果実にかじりついている。アルのところにまで甘い香りが漂ってくるので、相当熟しているようだ。

「いいね。そのまま食べてもいいし、ジャムとかに加工しても美味しいよ。この甘さなら、砂糖もあまりいらなさそう」

砂糖はそれなりに高級品だ。お菓子を作るには結構量がいるので、なかなか作れない。だが、ブランはもちろんアルも甘いものが好きなので、たまには甘味を作りたい。このベリーはお菓子作りに最適だった。

「よし、これにたくさん収穫して。時間ができたらお菓子を作るよ」

『甘味か！　我はクッキーがいいぞ』

「そうだね。ベリージャムとかをのせたクッキー美味しいかもね」

『うむ』

アルが取り出した布袋《ぬのぶくろ》にブランがせっせとベリーを摘んで詰めていく。よっぽど楽しみなのか、尻尾をふりふり振りながらアクロバティックに跳び回り、アルが手をだす暇もなく熟した実を全て取りきった。

「……いつもこれくらい動いてくれたらいいのに」

『アル！　向こうにもある。いくぞ』

ダッと駆けていくブランの後をついていった。ブランがいくつもベリーの木をみつけるので、しまいには布袋一枚では足りなくなり、追加の布袋を出してひたすら収穫を楽しんだ。


「あれが関所だよ」

『うむ。結構人がいるのだな』

「そうだね」


ベリー狩りの後はひたすら走って、グリンデル国の北端についた。ここは、小国ノースに行くための唯一の街道におかれた関所である。通るには国の許可書が必要で、運ぶ荷物の量に応じて税金を納める必要がある。

アルは森の中からその関所の様子を眺めた。思っていたより簡素な鎧を纏った兵士の数が多い。煌《きら》びやかな甲冑《かっちゅう》を纏った者もいるようだ。甲冑の胸元にはグリンデル国の紋章が描かれているため、王族直属の騎士だと思う。彼らは油断なく剣の柄《つか》に手をやり、周りを見渡していた。商人たちが不思議そうにしているので、これが普段の様子ではないようだ。


「逃亡犯でも出たのかな？　なんだか物々しいよね」

『……アルのことではないか？』

「え、僕？　なんで国がここまでして僕を捕まえようとするんだよ」

『我は知らん。だが、時々アルを追うように森に入ってこようとする者がいたようだぞ』

「え!?　気づかなかった」

『まあ、全て森に拒まれていたからな』

「つまり、すぐに死んだの？」

『そうだ』

「ふーん」

公爵が自らのプライドからアルを捕まえようとすることは予想していたが、国が騎士を動かしてまでする意味は分からない。王女はアルに価値を感じていないようだったが、国としては違ったのだろうか。

「……ま、いっか」

『さっさと森を通るか。小国ノース側にまで手を回してはいないだろう』

「そうだね。グリンデル国とノース国はそこまで仲が良いわけじゃないし」

グリンデル国とノース国の間で交易はあるが、基本的に内政不干渉を貫いている。国の間には高い山が聳《そび》え立《た》ち、唯一通れるのがこの街道だ。ノース国はグリンデル国の北側を覆う形の細長い国で、ほぼ全領地が魔の森に接している。その分、魔物に対する防衛費が高くなりそうだが、良質な鉱山が多くあり、国内経済は良いはずだ。

関所周囲は森が切り開かれて壁で覆われている。監視がおかれているが、そこから離れれば壁が途切れ、そのまま森に続いている。関所は商人から税金を取り立てるために作られたためそれで十分なのだ。魔物がうろつく危険な森の中を荷物担いで通る商人はほとんどいない。

この森は両国を分ける山の裾野の森で、未《いま》だ両国の主権が確定していない緩衝地帯とされている。

関所の様子を確認したアルは、どうやってこの監視をくぐり抜けるか考えた。気配を消して関所を大幅に迂回すれば気づかれることはないだろうが少し面倒くさい。

『どうやって行くのだ？』

「うーん……駆け抜けるしかないかな」

悩みつつブランを見てあることが思い浮かんだ。ブランに乗せてもらえば、アルが駆けるよりも素早く、かつ安全に移動できるはずだ。

ブランはアルよりも素早く駆けることができる。アルが速く移動しようと思ったら魔力の補助が必要で、この状況では監視している者に察知されてしまうため使えない。だが、魔物であるブランは察知されることなく高速で移動できるのだ。また、ブランの本来の姿は体長三メートルを超える。アル一人を乗せて走るくらい問題ないはずだ。

ただ一つ問題があるとすれば、どうやってブランにその提案を認めさせるか、だ。

「……ブラン、僕を乗せて走る気はない？」

『なに!?』

案の定、面倒そうに顔を顰《しか》めるブランの頭をクシクシと撫でる。

「ほら、僕が駆けるより、ブランに乗っていった方が速いし安全でしょう？」

『むぅ……』

「彼らに見つかったら、面倒なことになるよ？　追われていたら休憩もとれないし、のんびりご飯を作って食べる時間もなくなるかも。落ち着かないよね？」

『……飯をのんびり食えんのは嫌だ』

「それに、久々にブランの本来の姿見てみたいなぁ。カッコいいもんね」

「……そうか？」

煽《おだ》ててやる気にさせる作戦は上手くいきそうだ。ブランは目に見えて嬉しそうに尻尾を振り、誇らしげに胸を張っている。小さいままだと可愛らしいだけなのだが、折角やる気が出てきているのでそれは指摘しないでおいた。

「ブランが乗せて行ってくれたら助かるなぁ」

『……うむ。そこまで言うなら仕方あるまい。乗せて行ってやろう』

いかにも渋々という言い草だが、感情に正直な尻尾がそれを裏切っていた。盛大に振られている尻尾に吹き出してしまいそうになるのをなんとか堪《こら》えて、大げさに喜び感謝を伝える。

ブランは瞬く間に体長一メートルほどの姿になった。

「あれ？　本来の姿じゃないんだ？」

『森を移動するならこれくらいの大きさの方が便利だ。アルを乗せるくらい問題ないぞ』

「そうなんだ。じゃあ、よろしくね」

ブランの背にひらりと跨《また》り、首元あたりの毛を軽く摑む。軽く足踏みしたブランがアルの様子を確認して、問題ないと判断したのか一気に走り出した。

「うわっ」

ビュンビュンと景色が過ぎ去っていく。空気の抵抗で体勢が揺らぎそうになり、ブランの背に伏せるような形で体にしがみついた。監視に察知されないようにするため、魔力を使って体勢を保つことも空気抵抗をなくすこともできない。

いつの間にか関所からは随分と離れていた。ブランの速さについてこられる魔物はこの辺りにいないようで、魔物と対峙することもなくただひたすら駆けた。

もう急がなくてもいいくらいの場所まで来ていたが、ブランが楽しそうに駆けているので止めず、気が済むまで走らせることにした。ブランに走ってもらうとアルが楽をできるという思惑もある。魔力を使っても察知されないくらい関所から離れたので、体勢を起こし魔力を補助に使ってのんびり景色を眺めることにする。といっても、ブランが速すぎて景色は流れていくだけなのだが、それもまた楽しい。

前方に聳える高い山々が段々と近づいてくるのを見ながら、ブランに身を任せて駆け抜けた。

『腹が減ったぞ』

「え、ああ、もう昼過ぎてるね」

『昼というか、もう夕方だ』

「……そうだね」

ブランが呟いて立ち止まった。ブランは駆ける間に楽しくなったのか、宙を駆けたり木々を跳び移ったりと中々アクロバティックな移動をしていた。立ち止まったのも樹上である。

日が傾き、オレンジ色になってきていた。通ってきた方を振り返れば、関所があるところは既に遥《はる》か遠くになっていて、街道やその道沿いの野営地も近くにはない。ノース国に入るにはいずれ街道に出る必要があるが、今は別にいい。

「なんか壮観」

『うむ』

アルたちがいるのはこの森で一際大きい木だ。森を見下ろす位置に立つと広い森が一望できた。行く先を見ると両端の山により森は狭まっていき、山が交差する部分が崖になっていた。その先が山の谷間になっていて、ノース国の玄関口となる町がある。町の防壁が山の谷間を塞ぐようにあるので町中はここからは見えない。

「ノース国まではもうちょっとだけど、今日はここで野営にしようか」

『丁度良い位置だな。明日にはノースに入れる』

今日はこの大木の下で野営することにして、用意に取りかかった。

七．ノース国国境の町ノルド

　朝ご飯を食べて出発すると、森は次第に木々が少なくなり、街道に突き当たった。もう急ぐ必要はなさそうなので、ブランを肩に乗せてのんびり歩く。運良く街道を通る商人たちはいないようだ。遠くに茶色の断崖と町の防壁が見えた。街道を爆走すると防壁の監視に不審がられてしまうのでのんびり歩くことにする。

「風が冷たいね」

『そうか？　我は心地よいぞ』

「ブランは毛玉だから」

『この美しい毛を毛玉と言うな！』

「ははっ、ブランがいるから首周りも暖かいよ」

　季節は秋に近づいている。北は一足早く冬が訪れようとしているように感じられた。コートが快適にしてくれるが、顔の辺りは直接風が当たり冷たい。頬をブランに擦《こす》り付《つ》けると仄かな温もりを感じて頬が緩んだ。

　てくてくと歩く街道は、いくつも馬車の轍《わだち》が残り、両国の交易が盛んなことが分かる。冬になると一気に雪が降り交通が困難になるので、今は特に商人の行き来が多いようだ。

『何故この山は木が生えておらんのだ？』

「不毛の山って言われているんだよ」

防壁近くまで歩くと、既に商人たちが門の前で待っていた。何台も馬車が連なっていて、アルはその後ろに並ぶ。防壁の両端は崖で、その上に山が続いている。山といっても木は生えていない。不毛の山で、大きな岩や土が固まって出来ている。それが空高くまで聳え立っているので少し恐ろしい。

「この山々は昔鉱山で、土の性質的に植物が生えにくいらしいよ。土砂崩れとかを防ぐために、町近くは定期的に土固めの薬をまいているから、余計に植物が生えないみたい」

『ふーん。そんなことをする前に植林でもすれば良かろうに』

「一度薬をまいちゃったら、どうしようもないよね」

ブランと話していると馬車の列は短くなり、アルの順番が回ってきた。

「ようこそ、ノルドの町へ。……冒険者ですか？」

「はい」

アルの荷物の少なさを見て判断したらしい門番に頷くと身分証の提示を求められた。冒険者ギルドのプレートを差し出すと、門番はそれを水晶に翳《かざ》す。この水晶は各町にあり、プレートに記録された犯罪歴などを読み取るのだ。

「その魔物は従魔ですか？」

「はい。森狐《フォレストフォックス》の白変異種なんです」

『我は従魔ではないし、森狐《フォレストフォックス》でもないぞ！』

拗ねて暴れるブランをギュッと腕に抱き締めて門番に笑いかける。門番は少し苦笑しながら銅の首輪を渡してきた。

「町中では従魔に首輪を着けることが義務です。また、従魔が何かしらの損害を他者に与えた場合、それを補償する義務が貴方《あなた》にはあります。この首輪は、町を出る際に門番にお返しください。ご了承いただけましたらお通りください」

門番がにこりと笑って身分証を返し町の中へと促す。アルが拍子抜けするほどあっさりと通された。門を潜《くぐ》ると、小さめの広場が広がっていた。町の案内図らしき看板が中央にあり、その先が三つの道に分かれている。とりあえず看板の前まで歩き空を見上げた。

「結界ってあれか」

『うむ。物理結界だな。魔物以外も拒む』

魔力眼で見ると、空に薄い膜があるのが分かった。単純な魔物避けではなく物理的なものを全て拒む結界のようだ。

「悪意を弾くとかっていうのはないよね」

『ないな』

「……どっからそんな話が出たんだろう」

『この町は門を通らねば入れないし、門では必ず水晶で身分を確認されるから、不審者は入れないということではないか』

「でも、水晶って万能じゃないよ。ギルドの身分証って偽れるし。僕だって、貴族時代に平民としてギルドに登録したよ」

『だがあの水晶は普通ではないようだぞ』

「え？」

ブランの言葉に慌てて振り返って目を凝らすと、水晶が纏っている魔力は普通のものと違っていた。

「……あれ、身分証読み取り機じゃなくて鑑定球じゃないか」

『うむ』

見た目に惑わされたが、鑑定眼で見ればすぐに分かった。

鑑定球は、文字通り対象を鑑定する水晶球だ。鑑定される内容は様々で、ここにあるものは人の職業と犯罪歴、感情を読み取るという珍しいものだった。鑑定球に読み取られたものを、水晶の向こう側に座っている人が見て、訪問者に対応している門番に何か合図している。何故水晶の傍に人が座っているのか不思議だったのだが、こういうからくりがあったのか。

アルの職業はもう貴族ではないから冒険者で間違いないし、犯罪歴はなく、ノース国に悪感情もない。それであっさりと通されたようだ。

「出国は厳重じゃないんだね」

門の入国口は混んでいるが、出国口は混むことなくほぼ素通りだ。これなら違法な奴隷商人も出国しやすかったことだろう。

『謎が解けたならもういいだろう。早く行くぞ』

「うん」

看板を見ると直進する道は歩行者用で左右の道は馬車用と書いてあった。町のなかで道の用途が限定されているのは珍しい。谷間の町だから土地自体は狭い反面、交易の要所で人通りは多いということからこんな仕組みになっているのだろう。

それぞれの道の間には住居や店が建ち並んでいる。歩行者用の道に面して店が開かれていた。

「うわぁ、人多いな」

『うむ……』

歩行者用の道をしばし歩くと、所々にある小さめな広場で屋台や青空市が行われているのが分かった。丁度昼時であるので、どこもかしこも人が多い。暫く森で過ごしてきたので、この人の多さに眩暈《めまい》がするようだった。ブランも食傷気味に肩で項垂《うなだ》れている。

「これは、屋台で食べるのは無理だな」

『屋台のものは食わん』

屋台で売っているものを見ると、手の込んだものはなく、ほとんどが魔物の肉を焼いてパンに挟んだもののようだ。味付けは塩。頑《かたく》なくらい塩オンリーである。肉の種類が違うだけだ。低級の魔物ばかりであまり食欲をそそられない。

「……もっとハーブなり、香辛料なり使えないのかな」

『あれらが求めるのは、安く早く提供されることだけだろう』

屋台にいるのはほとんど冒険者か休憩時間の商店従業員のようだ。皆忙《せわ》しなく食べて去る。

「落ち着けるところを探そう」

『うむ』

道をそのまま進むとレストランらしき看板があった。それなりに人の出入りがあるが、女性や身なりの整った男性が主だ。明らかに普段使いの店ではない。

「潔く町で食べるのは諦めない？　食材は色々あるみたいだし」

『そうだな。我はアルが作るものの方が良い』

「ふふ、ありがとう」

意思を固めれば、やることは決まっている。必要な物資を買って町を出ることである。

「お、小麦が安い」

『そうなのか』

「あ、アンジュが熟れている。たくさんあるよ」

『買え！』

「ハクサイとニンジンとイモとオニオンとパンプキンも欲しい」

『野菜はいらん』

「このパープルイモとパンプキンはお菓子にも使えるよ？」

『買え！』

店を訪れては食料を買い込む。貨幣はこの町ではグリンデル国のものが使えるからできることだ。

「あ、ギルドがある。ちょっと魔物を売りにいくね」

『うむ』

剣と杖《つえ》が交差した看板を見て扉を潜る。途端にいたるところから視線がそそがれた。推し測る目を無視して受付に並ぶ。

「次の方どうぞ。ギルド証をご提示ください」

「はい」

受付は綺麗な女性だった。受付嬢を口説いていた男がアルを睨む。それにニコリと笑むと、意表をつかれた様子で固まった後、歪《いびつ》な笑みを返して壁際に去った。アルは母に似て美人なのだ。男だけど。綺麗な人に微笑まれて嫌な気分になるものはいない。

「Dランクですね。ご用件は何でしょう」

「魔物の素材を売りたいのです」

「かしこまりました。こちらにいれてください」

腕で一抱えほどの編みカゴを渡された。これに入るかなと思いながら、魔物素材をアイテムバッグから取り出して詰めていく。黒猛牛の皮をいれた時点でいっぱいだ。その上に角や牙、蹄《ひづめ》をのせる。完全に籠から飛び出ている。

「……まだございますか」

「はい」

小さなバッグから皮を取り出した時点で周囲の雰囲気が変わっていたが、アルは気にせず受付嬢の問いに頷いた。追加のカゴに火焔猪《ファイアボア》の毛皮と牙をいれ、それを見て再び出されたカゴに白禹鳥《シラウドリ》の羽根と爪をいれる。とりあえず売るのはこれくらいだ。

「お願いします」

「……かしこまりました。これより査定致しますので、あちらでお待ちください」

受付嬢が指した先に報酬受け取りカウンターがあった。アルは受付嬢に礼を言ってそちらに向かう。

「おいおい、それ、アイテムバッグか？　お嬢ちゃんが持つもんじゃねぇだろ」

こんなフラグは望んでない。却下。

「お嬢ちゃん、お兄さんにそのバッグ譲ってくれないか？」

「え、おじさんの間違いでは？」

ニヤニヤと嗤《わら》う男にきょとんとして言い返すと、瞬く間に顔が歪み赤くなった。一応言うと、天然での発言ではない。煽《あお》っただけである。

「てめぇっ、人が優しくしてみれば、ナメたこと言いやがって！」

「すみません。僕の頭では貴方の優しさを理解できなかったようです」

最初からなめ腐った対応をしてきたのは男の方である。お嬢ちゃんとか、いくら美人に対してでも言っては駄目なことだってあるのだ。アルは男だ。使えないその目を捨てろと告げるべきだろうか。

「このヤロウっ！」

「あー、ギルド内で暴力沙汰はご遠慮ください」

剣を抜き放った男に受付嬢が淡々と言う。あまりに動揺が無さすぎるのでそちらをチラリと見ると、アルがどう対応するのか観察しているようだ。受付で出した魔物素材を見て、この程度の冒険者は問題ないと判断したのだろう。だが、本来ギルドはこうした冒険者の私闘を禁じる立場のはずだ。

所詮他人。アルはすぐにここを立ち去るつもりでいるのだから、彼らに自分の実力を見せる必要はない。彼らに利益を供与してやる気も、彼らに利用されてやる気もない。受付嬢からの評価なんて必要としていないのだ。

「ギルド内での私闘が禁じられているのを知っていての所業ですか？」

「うるせぇんだよっ！」

アルの言葉に更に激昂《げきこう》した男の剣をあっさり避けると切っ先が床に突き刺さった。アルが剣を避けられるとは考えていなかったらしい。後先考えない愚かな行動だった。

「……その程度の実力で僕に立ち向かってきたのですか？」

「なっ」

「貴方を止める人も加勢する人もいないということは、貴方、人望もありませんね」

「グッ」

「口撃はそこまでにしてやってくれ」

突然の第三者の声に視線を向けると、階上から大柄な男がおりてきていた。

「グジンも、今度騒ぎを起こしたら冒険者資格を停止すると言ったよな」

「っ、これは、こいつがっ」

「てめぇから喧嘩《けんか》を売って、てめぇが剣を抜いたんだろうが」

この男、誰かに説明されなくとも事情が分かっているらしい。恐らくギルドマスターだろうが、事態を静観して問題を大きくした責任をとるつもりはないのだろうか。

「つれてけ」

「「はっ！」」

「っ、ギルドマスター！」

ギルドマスターの後ろにいた二人の男が、グジンと呼ばれた男から剣を奪い、腕を縄で拘束してどこかに連れていく。グジンはなにやら悲愴《ひそう》な叫びをあげたが、アルはそれには全く興味がなかった。なぜなら、査定が終わった魔物素材のお金を受け取っていたので。ちなみに全額ノース国貨幣で受け取り、グリンデル国貨幣を全てギルド口座に入れた。口座に入れれば他国のギルドでも引き出せる上に、その国のお金に自動で換金してくれるのだ。

自分で言うのもなんだがとてもマイペースだ。それに対応してくれるカウンターの男もいい性格をしている。なかなかいいおっさんだ。

「……お前、マイペースだと言われないか」

「今言われたのが初めてですね」

『マイペース？　それの何が悪いのだ』

ギルドマスターが話しかけてきたので、うんざりとした気分でそちらに向き直る。大人しくしていたブランがグイグイと額をアルの頬に擦り付けてきた。面倒事に巻き込まれたアルを気遣ってくれているらしい。その頭を撫でて、もう少し大人しくしていてもらう。

「……はあ、お前さんには非はないかもしれんが、煽るのは感心せんぞ」

「そうですか」

ひとつ頷いて一歩踏み出す。もうギルドでの用は済んだ。

「おい！　このまま出るつもりか!?」

「そうですけど、何か問題ありますか。貴方は事情を熟知されているようですし、僕からお話することはありませんよね」

「……可愛くねぇガキだな」

「僕はそういう大人の駄目な感じ大っ嫌いなんですよね」

「は？」

「自己紹介もせず説教しようとして、それが受け入れられなければ相手に非があると悪態をつく。とてもうんざりします」

「……てめぇも自己紹介してねぇだろうが」

「貴方は詳しく事情を知っておられたようなので、てっきりご存じなのだと判断しました。自己紹介いります？」

「……いらねぇよ」

どうにも気分が苛々《いらいら》する。やはり人と接するのはアルに合わない。早く森に帰ろう。

今度は引き止める声はなかった。シンと静まったギルドを横切りさっさと外に出る。道を歩き出しても、アルを監視する者はいないようだ。

『余計なことに関わってしまったな』

「……うん。僕が普通にアイテムバッグ使ったのが良くなかったかも」

『たとえ使っていなかったとしても、あの男はお前に絡んできたさ。あれはお前を見てからずっと隙をうかがっていたからな。問題を起こす常連だったようだしな』

「そうかな。ちょっと僕の対応も良くなかった。あのギルドマスターにも」

『あいつは、お前が有用な冒険者か探っていたんだろう。アルはこの町に留まるとは一度も言っていないのにご苦労なことだ』

「そうだね」

淡々と述べるブランの言葉を聞いて、気持ちが落ち着いてきた。今さらな落ち込みも自省も程ほどに。あの男たちとアルの相性が悪かったのだと思うことにする。

「……さて、必要なものは買ったし、この国のお金も手に入れた。この町出ようか」

『うむ。この分だと今日も昼飯抜きか。我は腹が減った！』

「ごめん、ごめん。森に入ったらすぐ夕飯にするから」

『今日は甘味も食べたいぞ』

「じゃあ、アンジュを食べてみよう」

ブランと話しながら町の外に向かう。この先の地理は詳しく知らない。防壁の向こうに木々の先端が見えているので、森は近いだろう。町を出るのは門番に身分証を提示するだけだった。水晶に翳しもしない。ブランの首輪を返却して門を出た。

「ちょっと不用心すぎるよね」

『入り口の鑑定球を信用しすぎだな』

町の警備の甘さに苦笑するが、門を通る人数を見ると仕方ない部分もあるかもしれない。門は町に出入りする人が列をなしている。馬車も多いので、出口を厳重にしていたら町の中が渋滞になる。

「さて、森はすぐ傍みたいだね」

『うむ。さっさと行くぞ』

門の前は広場になっていて、その先に街道が続いている。その脇は草原が広がっていて、その奥に森があった。草原では何人かの冒険者が剣を振るっている。

「こんな町の近くの草原だと角兎《ホーンラビット》くらいしかいないんじゃないかな」

『あれらは全く構えがなってない。森で戦えん者の食《く》い扶持《ぶち》稼ぎだろう』

「なるほど。まあ、角兎《ホーンラビット》は食用として一般的な魔物だからね」

『うむ。そういえばお前は角兎《ホーンラビット》も狩っていたのではないか？』

「そういえば、バッグに仕舞ったままだね」

草原を歩きつつブランと会話する。アルの姿は初心者冒険者に紛れて目立たないはずだ。

さっさと草原を抜けて森に入る。

「ここは魔の森じゃないんだね」

『ここは普通の森だな。まあ、それなりに強い魔物もいるようだが』

「うん。……さすがに町近くで薬草とかは採れなさそう」

地面を見つつ歩くと、薬草が無惨に千切られているのが目立つ。こんな取り方をしたらもうこの薬草は育たない。先々のために一部の株を残すという考え方をできない者がいるようだ。

「もうちょっと奥に行こうか」

『この国にはどんな肉がいるのか』

「そうだね～、美味しい魔物がいるといいね」

人の気配が周囲になくなったところで風の魔力を纏って走る。森の空気を浴びて爽快な気分だ。

『肉を狩るために魔力は抑えろ！』

「えー、今は移動優先にしない？　角兎《ホーンラビット》とかがたくさん襲ってきても面倒だよ？」

『むぅ』

「それに早くご飯食べるんでしょ？」

『……分かった。早く飯だ！』

「ふふっ。分かっているよ」

肩を叩いて催促するブランを宥めつつ、森の奥に向かった。

木が密集する森の奥地は、ほとんど人の手が入っていない様子だった。ノルドの町の冒険者はここまではあまり来ないようだ。ここまで来られる実力があれば、魔の森に向かって魔物と戦う方が利益になる。

今日の野営地を決めテントを設置した。結界魔道具を置いた後、温度調整風魔道具を設置する。これは、結界内を設定温度に保つ魔道具だ。風と火の魔法を組み合わせた魔法陣を刻んでいる。これはまだ省魔力できていないので低級の魔石では足りず、火焔猪《ファイアボア》の魔石をセットした。

『む。暖かいな』

「これのお陰だよ」

『また、珍妙なものを作ったものだ』

ブランが魔道具の風の吹き出し口を覗き込む。ブワァッと勢いのある風を受けて、ブランの長い毛が激しくかき乱された。

『むわっ。我の毛が……』

しょんぼりして魔道具から離れ、せっせと毛繕いしているのを横目に見つつ、火焔猪《ファイアボア》肉の固まりを取り出した。肉を下茹でしてから加圧式時短鍋にオニオンと共に詰めて熱した。その後、ブイヨンと白ワイン、ハーブを加えてさらに煮込む。煮込みを待つ間に先ほど買った小麦粉と水、塩、膨らし粉を捏《こ》ねて丸く成形する。それを編み籠に敷いた丸く大きな葉の上に並べ蓋をして、お湯をはった鍋の上に置く。蒸しパンだ。

「ブラン、アンジュはどうやって食べる？　そのまま？」

『むぅ。……アルが旨いと思うものを作れ』

「ははっ、分かった」

悩んだ末にアルに丸投げしてきたが、気にせずアンジュを取り出して鍋に入れる。一つを齧《かじ》ってみるとしっとりとした濃厚な甘さとほのかな酸味が溢れる。その甘さをみて、砂糖少々を加えて熱した。辺りに甘い香りが漂う。形が崩れるまで焦げ付かないようにかき混ぜながら熱し続けてアンジュジャムの完成だ。今日食べる分を残して瓶に詰め、しっかり封をする。

蒸しパンと猪の角煮が出来上がっていたので、蒸しパンに切れ目を入れて角煮を挟む。ブラン用の皿には六つのせ、アルの分には二つのせた。ほのかに湯気が立ち、温かくて美味しそうだ。もう一枚の皿にはアンジュジャムをのせた作り置きのクッキーを並べる。

「よし、出来上がり」

『うむ、旨いぞ！』

「え、もう食べているの」

アルがクッキーの準備をしている間に、ブランはさっさと角煮饅《かくにまん》を食べていた。早すぎる。よほど腹が減っていたのだろう。

『この肉は程よい脂がぷるぷるで旨いな。味の染みたオニオンと食べると更に旨い』

「ほんとだね。上手くできたみたい」

『うむ』

あっという間に食べきったブランは、ワクワクとクッキーに手を伸ばす。両手に持ってカプリと噛みつくと、ほにゃりと目が垂れ至福の表情になった。アルも食べてみると、アンジュの甘さとほのかな酸味がバターをふんだんに使った塩味のあるクッキーと合わさり旨味を生みだしている。

『旨い……』

「美味しいね」

その後は無言で食べ進め、最後の一枚が残った。同時に手を伸ばしたアルとブランの視線が交差する。無言の駆け引きが続いた。

『……これは我のものだ』

「ブラン、たくさん食べたでしょう？」

『むむっ』

「……」

『……もらったぁあっ』

「いだっ」

顔に白い毛を叩きつけられた。ブランの尻尾だ。速すぎて避けられず顔が痛い。アルが顔を押さえた瞬間にブランが最後の一枚を口に放り込む。

「……ちょっと、ブラン。尻尾叩きつけるのは酷くない？　勢いがありすぎてすごく痛かったんだけど」

『ふふん。鍛え方が足りんのよ』

「ブランのスピードが速すぎるんだよ」

『油断大敵だ』

誇らしげにクッキーを飲み込んだブランをジトリと見据える。ブランのスピードに人が敵《かな》うわけがないのに。

「……まあ、食べようと思えば、僕はいつでも食べられるんだけど」

『なっ！』

アンジュのジャムは残っているし、クッキーの作り置きもある。今出していたものに拘《こだわ》る必要はないのだ。

「後でお茶と一緒に食べようかな～」

『卑怯《ひきょう》だぞ！　我も食べる！』

「ブランだって卑怯だったよね」

『む……悪かった』

しゅんとした様子を作ってアルに擦り寄りきゅんきゅんと鳴く。その狙いは分かっているから、可愛い子ぶっても簡単にほだされないぞ。……でも、まあ、ちょっと意地悪なことを言ったかもしれない。

「まあ、いいよ。アンジュジャムクッキーは、また違う日に一緒に食べようね」

『……分かった』

渋々納得して頷くブランを撫でて、片付けを始めた。今日はさっさと寝て明日からの旅に備えようと思う。

日が暮れていく。明日からはノース国内の森を探索だ。ここはまだ魔の森ではないようだが、ノース国に接しているという魔の森とはどういう場所なのだろう。本で読んだだけでは分からない未知の場所を探索できると思うとワクワクする。

グリンデル国から離れてもあまり変わらず美しい星空を眺め物思いに耽《ふけ》った後、アルはブランを懐に抱き込んで眠りについた。

八．新たな出会い

ノース国の森を駆けてはや四日。町に立ち寄ることもなく駆け、時々希少な薬草や果実を見つけて立ち止まり採取した。大抵の果実はブランが匂いを嗅ぎ付けてみつける。

不意に魔物が近づいてくる気配がした。アルはいつも通り魔力を放っているのに、それを気にせず勢いよく駆けてきていた。

「魔物が来るね」

『ああ。また使役されているわけではなかろうな』

「ううん。多分いつの間にか魔の森に入っていたみたい」

普通の森と魔の森が繋がっているとは思いもしなかったが、今アルたちがいる森は、濃厚な魔力が漂い出していた。魔の森の特徴である。

魔の森はその空気中に濃厚な魔力を漂わせ、それが凝った場所で魔物を生むと言われている。普通の森の魔物は親から子として生まれるが、魔の森では魔力が魔物を作り出すのだ。

魔の森で生まれた魔物は、森にいる者全てを襲う。相手が強者だろうと気にしない。森の外まで人を襲いに行くこともある。

『では、魔の森で初めての魔物との遭遇だな！　魔の森の魔物は食えるのか』

「うん。魔力で生み出されているけど、素材はちゃんと残るからね。むしろ、普通の魔物より美味しいらしいよ」

『狩るぞ！』

「ブランは何もしないくせに」

張りきるブランに苦笑して前方を見据える。木々のざわめきが大きく感じて、剣を構えた。

ブランがひょいとアルから飛び下りて近くの木に登る。やっぱり傍観する気らしい。

「ん、来た」

藪が燃える。その真ん中から巨体が飛び出してきた。

「グワァアッ！」

「熊か！　しかも火魔法持ちって、自分の棲《す》み処《か》の森を燃やすなよ」

『鑑定、忘れるなよ～』

熊がアルに襲いかかろうとしている緊迫した状況で、のんびりとした声がアルに届いた。

「忘れていた、鑑定！」

「ガヴッ！」

熊が振りかぶる腕を避けて、一度距離をとる。体から熱波を発しているのか、避けたのに熱が伝わってきた。

「あっついな！」

この魔物は炎獄熊《フレイムベア》というらしい。火魔法を使い、強靭《きょうじん》な肉体を持つ。魔物ランクはB。肉は固めだが豊潤な旨味があり、煮込みに最適。

「――って、今は、調理法の情報とかいらないから！」

いつもは剣に風の魔力を纏わせるが、風は火を増幅させる性質がある。一瞬で判断して、水魔法に切り換えた。

「我水を纏うもの。我望むは清水の鎮圧。我の望みを叶え給え」

手のひらを炎獄熊《フレイムベア》に向け、呪文を詠唱する。炎獄熊《フレイムベア》のスピードは速く、アルも動き続けなければならない。

「水噴射《ウォーターインジェクション》」

「ガアッ！」

アルのもとから、大量の水が炎獄熊《フレイムベア》に噴射される。それに対抗するように炎獄熊《フレイムベア》は炎を噴射した。しかし、力が拮抗《きっこう》した水は火に克《か》つ。魔法だろうとその原則は変わらない。

「ガアァッ！」

大量の水を浴びて、炎獄熊《フレイムベア》からもうもうと白い湯気が立ち上る。炎獄熊《フレイムベア》の動きが目に見えて鈍くなった。その隙を見逃す者はここにはいない。

「よっと……」

「グガッ、グゥッ……」

炎獄熊《フレイムベア》へと駆け、その首に剣を振るった。一度で斬れないなら二度斬ればいいじゃないとばかりに続けて斬りつける。闇雲に振るわれる腕を避けつつ何度も斬りつけると、ドウッと音をたてて炎獄熊《フレイムベア》が地に伏した。

「やっぱり、戦闘手段をもっと持ってないと。この剣柔すぎる」

アルの剣は見事に歪んでいた。風の魔力を添わさずに斬りつけたので、剣にかかる負担が大きかったようだ。そもそもこの剣は公爵家から訓練用に渡されたもので、魔物に対峙するには心もとなかったのだ。風の魔力で切れ味と耐久性を上げていたので今まで支障なかったが、新しい剣を手に入れるべきだろう。

「あー、森が燃えているな」

『うむ。だが、森の回復力はなかなかだ』

いつの間にかアルの傍にやって来たブランが、炎獄熊《フレイムベア》が飛び出してきた藪の辺りを見ている。アルもそこに注視すると、炎が次第に鎮火し、燃え尽きた藪の下には新たな草が生えてきていた。そこに魔力が集中したので、魔力によって森が修復されたのだろう。

「……魔の森ってなんなんだろう」

『普通の森でないことは確かだな』

魔物を生み出し、素早く自己修復する森に改めて疑問が浮かぶ。ブランと魔の森の奇妙さを話していると、背後で枝が折れる音がした。

「っ……だれ？」

「お前、なかなか凄《すご》いな」

ニカリと笑い、大剣を背に担いだ男が近づいてきた。全く気配が感じられなかった。顔を強《こわ》ばらせるアルに男が両手を上げる。

「おいおい、そんな警戒しないでくれ。俺はカントの町に滞在している冒険者だ。レイと呼んでくれ」

「……同じく冒険者のアルです。僕に何か用ですか」

「いや、たまたまここを通りかかってな。助けが必要かと様子を見ていたんだが、なかなかお前が強くて驚いてよ、思わず声をかけちまったぜ」

「……そうですか。ご親切にどうも」

アルに気配を悟らせなかった男の実力は侮れない。その一挙一動を油断なく見る。

レイが困ったように苦笑した。

「なんか、思っていた以上に警戒させちまったみたいだな。心配すんな……って言っても、信じられねぇか」

「……いえ」

本当に困りきった様子だったので、アルも少し警戒を解く。ブランが尻尾で頬を撫でてきた。横目で見ると、ブランは男に興味無さそうに炎獄熊《フレイムベア》の方を見ている。早く解体しろと言いたいのだろう。

「ああ、熊の解体か？　手伝ってやろうか？　それとも俺のアイテムバッグに入れて町で解体させるか？」

「……」

アルが炎獄熊《フレイムベア》を気にする様子にレイが提案する。この男もアイテムバッグを持っているらしい。アイテムバッグは作れる人間が少ないために、結構な値段がするはずだが、レイは当然のように持っているようだ。相当稼いでいるのだろう。

「あ、アイテムバッグっていうのはな……」

「大丈夫です。僕も持っているので」

「ふーん、やっぱりそうか。お前荷物少なすぎるもんな」

偽装を準備しておくべきだったと少し後悔した。レイがニヤリと笑って、アルが背負ったバッグを指差す。アルはこの場が面倒臭くなってきた。とりあえず炎獄熊《フレイムベア》をバッグに放り込み、森の外を目指す。魔物の解体に疲れてきたので、ギルドに持ち込んでやってもらうことにしたのだ。アイテムバッグのことがバレるが、騒ぎになったらまたすぐ町を出ればいいと判断した。

「おい、無視すんなよ。お前この辺慣れてないんだろ。町への帰り方分かるか？」

しつこい。文句を言おうかと見上げると、心配そうな表情をしていたので黙るしかなかった。

レイは純粋に心配して声をかけているだろうに、それを無視するのはアルの方が悪い気がする。

「……僕はカントの町から来たわけではないので、とりあえず森の外に出て探します」

「カントからじゃない？　どこから来たんだ」

「ノルドです」

「はあ？　そこって、馬車でも一週間はかかる辺境の交易町だろう。そこから他の町に寄らずに来たのか？」

なぜか二人並んで歩くことになってしまった。アルはそんなつもりはなかったのだが、レイがついてくるから仕方ない。

「ずっと森を通って来たので」

「……確かにノルドからここまで森が続いているけどよ、普通どこかで町に立ち寄らねぇか？　食料調達とか必要だろう？」

「アイテムバッグがあるので」

「……確かにそうだけどよ。ずっと森にいたら気が狂いそうにならねぇ？」

「いえ、全く」

『お前は寧《むし》ろ森の中の方がのびのびしているな』

微《かす》かに笑う気配のするブランの頭を撫でる。

「お前、すげぇ変わりもんだし、命知らずだな」

「どうも」

「褒めてねえ」

呆れた顔をするレイに少し笑う。最初は『なんだ、この男は』と思ったが、思いの外話しやすい男だ。

「お、笑うと可愛いじゃん」

「……僕は男です」

「分かっているよ。……あれ、可愛いって男に言ったらダメか？」

「ダメですね」

「美人は？」

「ご遠慮ください」

「丁寧な言葉使って、怖い顔すんなよ」

褒めているんだけどなぁとぶつくさ文句を言うレイを横目で見る。

「それでいつまで僕についてくるんですか」

「ん？　お前カントの町知らねぇようだし、俺が連れていってやろうと思ってな」

「結構です」

「……お前断り文句がストレートだな。大抵の奴は俺に媚びうってくんのに」

文句を言うレイはそれでもアルを町に案内する意思は曲げないらしい。進行方向より少し北を指差す。

「こっちに向かった方が町に近道だぞ」

「……どうも」

レイに指示されるまま、少し進路を変える。暫く話しながら進むと木々の合間から岩の壁が見えてきた。

「あれがカントの町の防壁」

「へぇ」

周囲に人の気配が増えてきた。町のざわめきが聞こえてくる。

「門で身分証提示すると入れるぞ。……ようこそ、カントの町へ」

「……別に、レイさんの町じゃないでしょう？」

「ははっ、確かにそうだ！」

快活に笑うレイにアルは思わず笑みがこぼれた。

門に向かうと冒険者たちがギルド証を提示してさっさと中に入っていっている。森に面した門なので待ち時間がないように素早くしているのだろう。

「こっちの門は森に用があるやつしか使わねぇし、馬車用の道もないから商人で混雑することもねぇ。魔の森を探索するならここが一番利用しやすい」

「そうなんですね」

確かに門の周りが少し開けているだけで、すぐに森が広がっている。冒険者以外は利用しないだろう。

「街道側の門はもうちょっと厳密に身分証確認されるぞ。最初にこっち側から入ろうとするやつ想定してねぇんだよな」

やっぱ駄目だよなぁとぼやくレイを放ってさっさと門を通る。門番に渡された従魔の首輪をブランに着けるときはすごく嫌そうな顔をされて笑ってしまった。

『なぜ我がこのようなものを着けねばならんのだ』

「それが決まりなんだから仕方ないでしょ。ちょっとだけ我慢してよ」

『むぅ』

「ん？　その狐、森狐《フォレストフォックス》じゃねぇよな？」

「森狐《フォレストフォックス》ですよ」

「いや、どう見ても違っ――」

「森狐《フォレストフォックス》です」

「そ、そうか……？」

アルの圧の強い笑みにレイが顔を引き攣《ひっ》らせる。納得はしていないようだが、追及は諦めたらしい。よかった。

『……我は森狐《フォレストフォックス》なんぞではない』

拗ねるブランの頭をポンポン撫でる。

門の内側はすぐに広場のようになっていた。食べ物や薬屋などの屋台が並び、冒険者たちで賑《にぎ》わっているようだ。

「ブラン、屋台がたくさんあるよ」

『うむ。何か旨そうなものがあるか？』

「そうだな〜」

「お前って、魔物としゃべれるのか？」

ブランと屋台を物色していたら、レイが不思議そうに聞いてきた。魔物と喋るスキルなんてものがあるとは聞いたことがない。アルがブランと会話できるのはブランの能力だ。

「ブランは知能が高くて、僕らは何となくお互いが言いたいことが分かるんですよ。長い付き合いですからね」

『うむ。間違いではないな』

「……森狐《フォレストフォックス》がそんなに知能が高いとか聞いたことないけどな。まあ、いっか。一流の従魔師は従魔の言いたいことが分かるって聞いたこともあるし、絆《きずな》の差かね」

従魔師なんて職業があるなんて初めて知った。この国独自のものなのだろうか。

「あ、森蛇《フォレストスネーク》の串焼きがあるよ」

『森蛇《フォレストスネーク》！　それは旨いのか？』

「美味しいらしいよ」

「森蛇《フォレストスネーク》だったらあっちのタレ付きの方が旨いぞ」

「タレ、ですか？」

『なんのタレだ？』

ブランが興味を持ったようだったので、レイの案内に従って違う屋台に向かうと、何とも言えない食欲をそそる香りが漂っていた。

「お？　レイじゃねぇか。なんだ、客連れてきてくれたのか」

「おう、だからサービスしてくれ」

「おい、俺みてぇな屋台主にサービスできる余力なんてねぇよ。正規の値段で買いやがれ。お前すげぇ稼いでんだろ？　そっちに奢《おご》ってやりなよ」

アルが頼む前に茶色いタレがかかった森蛇《フォレストスネーク》の串焼きを差し出してくる。サービスできないといいつつ、焼けた中から一番大きいものをくれたようだ。食べたすぎて肩から落ちそうなほど前のめりになっているブランを支えて串焼きを食べさせてやる。ブンブン振られる尻尾が耳元でうるさい。

「お？　従魔に全部食われてんじゃないか、ほらこれ食え」

「ありがとうございます。ついでに後十本ほど焼いてもらえますか」

「そんな食えんのか？」

心配そうにしながら屋台主は追加の串焼きを焼き始めた。串焼きを食べ終えたブランがアルの分を狙うのを腕で捕まえて確保して、ようやく一口齧る。

「あ、美味しい」

『これ、旨いぞ。もっとくれ！』

「だろ？　ここのタレは、ショウユっていうのに蜂蜜とか加えて作っているらしいんだよ。見た目は茶色すぎてちょっと食いにくいけど、旨いんだよな」

「ショウユ、ですか？」

「ああ、俺もそんなに詳しくないんで、それ以上の説明は無理だがな」

『もっと、くれ！』

「ショウユは魔の森でとれるショウユの実を煮込んで作るものだぞ」

「それ教えていいのかよ」

「タレの作り方を詳しく教えることはできねぇけどな」

ほれ、と渡された串焼き十本は保存用の葉に包まれていたのでそのままアイテムバッグに入れた。受け取ろうと手を出していたブランが、笑えるほどショックを受けた顔をしていた。

『なぜ仕舞うのだ。寄越せ、今食う！』

「これはまた後でね」

『何でだー……』

「ん？　アイテムバッグ持ちか。しかも時間停止機能までついてんのか？　若いのに稼いでんな～」

　脱力して少し重く感じるブランを腕に抱く。グチグチと文句を言うのを聞き流して、金を払った。この町でもアイテムバッグは珍しいようだが、アルが持っていてもあまり気にされないようだ。ただ冒険者として腕が立つんだなと言われただけだ。

「おい、俺が奢ってやろうと思ったのに」

「え？　別にいいですよ。僕だってそれなりに金は持っているので。それに保存用に買った本数も多いですし」

「……そうだけどよ」

「レイの奢りなんて珍しいもんだぞ？」

　屋台主が串焼き二本分の金をアルに返し、レイから金を取った。レイの面子《めんつ》を気にしたらしい。アルも少し申し訳ないと思ったので素直に礼を伝えた。

「ありがとうございます」

「おう」

「ショウユ気に入ったなら、森でショウユの実を採取してきてくれよ」

「どうですかね。見つけたら持ってきますよ」

「おう、それでいい。正規の値段で買い取るぞ」

「……普通にギルドに依頼しろよ」

「キルドじゃ手数料取られるだろ。串焼きを高くしていいのか？」

「俺は別に困らねぇけど。多少高くなっても食いに来るし。ここの串焼きはこの町で一番旨い」

「……そうかよ」

照れた屋台主を見ても楽しくないので、アルは町を散策することにした。

「それじゃあ、僕、町を歩くので」

「待てよ、良い宿紹介してやるから」

レイが屋台主に別れを伝えアルを追ってくる。

「別に町は案内されなくても大丈夫ですよ？」

「そうだけどよ。なんかお前、腕が立つ割に人付き合い不得意そうだからな。俺がいた方が余計な奴が出てこないぞ？　お前見た目でナメられそうだし」

「……」

否定できない。実際ノルドではナメられて面倒なことになったし。別に喧嘩うってくるような人でなければ、普通に人付き合いできるはずだ。実際店で何か買ったときなどに問題が起きたことはない。

『ふふん。言われているな～』

「ブラン、うるさい」

「狐君がなんか言ったのか？　まあ、今日ぐらいは案内させろよ。そしたら、お前に余計な手出ししようとする奴なんて少なくなるからよ」

「……レイさんって有名な人なのですか？」

なんとなく周囲の人間がレイに注目しているのには気づいていた。興味津々で話しかけたそうにしている人もいる。

「ん？　……まあ、多少な。ほれ」

「え？　あ、Aランク冒険者？」

『Aランク？　確かに人の中では強そうな奴だしな』

レイに渡されたのはギルド証でしっかりAランク冒険者と書かれていた。

「おう。普通に依頼受けたりしていたら、いつの間にかな。魔の森の魔物暴走が起こったとき、町を救ったことがあって、それなりに有名人なんだよな。別に有名になりたいわけじゃねぇんだけど」

面倒そうに言って肩を竦《すく》める。

「……これ、むしろ目立って、絡まれません？」

「あ？　俺、時々低ランクの技術指導なんかもするから気にされねぇよ。俺がバックについているかもって思ったら、初心者潰しするような奴いなくなるから、暇を見つけたらやってるんだ」

「へぇー、すごいですねぇ」

レイの面倒見の良さはアルに対してだけじゃないようだ。納得してギルド証を返す。

「じゃあ案内よろしくお願いします」

「おう」

『宿に泊まるなら飯が旨いところがいいぞ！』

騒いでいるブランには適当に頷いておいた。レイにはブランの言葉は伝わらないので、いくらブランが要望を言おうと何の意味もない。

「どっか行きたいところあるか？　とりあえず宿をとることを優先しないと安いところは埋まっちまうけどよ」

「安さより快適さ重視の宿がいいですね。あとは町をぶらついて色々見たいです。できれば武器屋で剣を調達したいですけど」

『旨い飯がついている宿がいいぞ！　飯だ、飯！』

「ああ、お前の剣、歪んじまっているもんな。炎獄熊《フレイムベア》は身に纏う温度が高すぎて、普通の剣じゃ溶けちまうんだよ。……お前は強制的に冷やしていたみたいだけどな」

レイが少し呆れた顔をする。炎獄熊《フレイムベア》に水を噴射して体温を冷やすのは一般的な討伐方法ではないらしい。では、普通はどう倒すのだろうか。あと、ブランは飯飯とうるさい。

「炎獄熊《フレイムベア》の普通の倒し方ってどういうのですか？」

「俺は魔力波でひたすら遠隔から斬りつける」

「……そうですか」

『これが脳筋という奴か？　だが、まあ、それができるなら有効な手段かもな』

レイはドヤッとした顔をするが、それは絶対普通の倒し方じゃない。Ａランクに普通を聞いてもどうしようもないかもしれない。

魔力波というのは、剣に魔力を通して、それを振ることで生じる魔力による刃《やいば》のことだ。剣がよく魔力を通すものじゃないとできないし、コントロールも難しい。レイが持っている剣が魔銀製だからできることだ。魔銀などの魔力を通しやすい鉱物は値段が高くて、生半可な冒険者では一生かかっても持てないだろう。

「まあ、俺が低ランクに教えるときは、炎獄熊《フレイムベア》を見たらなにも考えずにすぐさま逃げろって言うぞ。あいつ足はそこまで速くないし、執念深く追ってくるもんでもないから」

アルが少し呆れているのに気づいたのか、ちゃんと普通の対処を教えてくれた。逃げ一択というのがなんとも言えないが。レイが炎獄熊《フレイムベア》を見つけてアルを手助けしようと考えたのもそれがあるからなのだろう。アルが持っている剣は普通の廉価品だったし。

「そうなんですね」

「ま、普通なんてお前に必要ないだろ。……お、ここの宿は評判いいぞ」

話しながら歩いていたら、一軒の宿の前で立ち止まった。なかなか綺麗な外観で窓辺に観葉植物が植わり、それが二階から下まで蔓を伸ばしている。きちんと整えられたそれがまたお洒《しゃ》落《れ》だった。

「へぇ、外観はいいですね。ちょっと空きがあるか聞いてきます」

「おう」

『飯がどんなのかも聞くんだぞ！』

ブランの言葉に対して適当に頷きつつ宿に入る。カウンターでは、女性が暇そうな顔で座っていた。

「あら、お客様かしら」

「ええ、一部屋ほしいんですけど。従魔も一緒に泊まれますか」

「従魔……森狐《フォレストフォックス》かしら……？　まあ、その大きさなら大丈夫よ。一部屋ね。ちょうどさっきキャンセルが出たところだったの。あまり部屋は広くないけど、そこでいいかしら」

「はい」

いいかと聞かれてもそれがどれくらいか分からないのだから返事のしようがない。とりあえず頷いておいた。

「一泊で半銀一枚よ。朝食と夕食はそちらの食堂で食べられるわ」

『飯！　どんなものだ？』

「じゃあとりあえず一泊お願いします」

「分かったわ。私はルエラよ。延泊するときは早めに私に教えてね。でないと次の予約が入ってしまうことがあるから」

「分かりました。僕はアルです」

「よろしくね、アル」

案内された部屋は普通だった。ベッドと小さな机と椅子でいっぱいの大きさの部屋である。まあ、寝るぶんには困らない。ブランも場所とらないし。

『これが普通の宿なのか』

「ブラン、宿は初めてだったね。普通だと思うよ。……あ、レイさん待っているから早く出よう」

別に置くような荷物もないし、そのまま宿を出た。

待っていたレイと共に町を歩く。店で売っているものは魔の森産の物が多く、普通の農作物なんかは少し価格が高い。魔の森が近いと農作物を育てるのも大変なのだろう。

「どんな剣を探しているんだ」

「そうですね。できれば魔力を通しやすい物がいいですね」

『今までは無理やり魔力を纏わせていたからな』

ブランが呆れたように言うので、その頭を乱暴に撫でた。決して無理やりやっていたわけじゃない。しっかり魔力操作を訓練して計算してやっていた。……ただ、アルの魔力が大きすぎて、剣が纏う魔力が大きくなりすぎただけだ。もっと魔力の通りが良い剣なら、わざわざ纏わせようとしなくても、アルの余剰魔力で効果を発揮できるはずである。

「魔力か。お前すごい威力の魔法を使っていたようだしな。よし、俺の馴染《なじ》みの武器屋を紹介してやろう。金は十分あるか？」

「……先にギルドに寄っていいですか？」

「おう、良い剣を手に入れようと思ったら、金かかるからな」

レイに断ってギルドに向かう。時刻は既に夕刻でギルド内には冒険者がたくさんいた。だが、ギルド自体がとても大きく、カウンターも多いのであまり混雑しているようには感じなかった。

「この時間は、カウンターがフルで稼働しているからな。あんまり並ぶと、めんどくせぇし」

「あ、ここ、査定カウンターとか色々分かれているんですね」

「そうだな。一緒くたにすると効率が悪いからな」

「へぇ」

効率的な配置に感心しながら、解体依頼兼魔物素材買い取りカウンターに並ぶ。一番端にあり、カウンターで出されたものは車輪のついた箱に入れられ、そのまま奥の解体室に向かっているようだ。

「――次の方。ギルド証をご提示ください」

「はい」

アルのギルド証を確認した係員が頷き、魔物素材を出すように頼む。

「箱のサイズはどのくらいが必要ですか？」

「えっと、二番目ので」

カウンターの奥には箱の見本が置かれていたので、上から二番目の大きさを頼む。一番大きな箱は、人が一体何人入れるのかと思うほど大きい。あんな大きさの魔物がこの魔の森で見られるのだろうか。大容量のアイテムバッグがないと丸々持ってくるのは無理そうだ。

出された箱に炎獄熊《フレイムベア》を出すと、係員が少し驚いた顔をした。チラリとレイを見てからアルに視線を戻す。

「これは、あなたが狩ったものですか？」

「そうですよ」

「……素晴らしいですね。ランク更新は考えていないのですか」

レイが頷くのを横目で見た係員は、感心したように言う。しっかり解体用の手続きをしながらアルにランク更新を提案した。

「ランク更新できるほど、依頼を達成してないんですよね」

「この炎獄熊《フレイムベア》の胆嚢《たんのう》と心臓、毛皮は依頼が出ていましたよ。依頼を受けたものとして達成処理しておきましょうか？」

「いいんですか？　お願いします」

アルは積極的に冒険者ランクを上げたいわけではないが、ランクは高い方が色々と融通が利くのは確かである。してくれると言うなら、お願いしておいた。

ちょうどアルの後ろに並ぶ者がいなかったので、炎獄熊《フレイムベア》が解体室に持っていかれた後、そのまま係員が依頼の受諾と達成の申請処理をしてくれた。カウンターが分かれていると言っても、それ専門というわけではないらしい。

「はい、これで依頼は達成されたと見なします。あなたはDランクなので、次のCランクに上がるには、Dランクの依頼を後五つ達成する必要があります。Cランク以上の依頼を受けるとDランク依頼二つ分としてカウントされますが、その危険性は自己責任でご判断ください」

「分かりました」

形式的な言葉に頷き、ギルド証を返してもらう。

「解体にはもうしばらくかかりますが、概算でよろしければ精算しますか？」

「あ、解体済みのもあるんですけど」

「では、そちらも査定にまわしましょう」

再び出された箱に、ノルドからカントまで来る間に狩った魔物の素材を詰め込んだ。係員が隣のカウンターの方に持っていくと、奥からやってきた別の係員がすぐに査定する。

「炎獄熊《フレイムベア》は全てギルド買い取りでよろしいですか？」

『肉はいるぞ！』

「あ、肉は引き取ります」

ブランの主張に頷いて、肉は買い取りに出さないことにした。

「分かりました。肉は明日以降三日以内に受け取りに来てください」

「はい」

「では、炎獄熊《フレイムベア》の概算査定額と他の魔物素材の査定額、依頼達成報酬を合算しまして、金貨二十枚と銀貨三十五枚になります。こちらは現金で受け取りますか？　ギルド口座に預けますか？」

「全額受け取ります」

既に金は用意してあったのか、袋に入ったものを渡される。それをぽいとアイテムバッグにいれた。

「炎獄熊《フレイムベア》の査定額が概算より高くなった場合は自動的にギルド口座に入金されますので後ほどご確認ください」

「分かりました。ありがとうございます」

ギルドで用を済ませた後は、レイに連れられておすすめの武器屋に行った。道中、魔の森産の果物等を見て、魔の森に行ったときは探してみようと心にとめておく。

「ここだぞ。冒険者中級レベルからのおすすめ店だ。質的にも値段的にもな」

「なるほど」

入ってみると種類で分けて剣が並べられている。全て実用的な剣だ。

「ラトル爺、客連れてきたぞ」

「ああ？　レイ坊か。お前が客を連れてくるなんて珍しい。ここには初級者レベルの剣は置いてねぇぞ」

確かにここに並んでいる剣は凄腕《すごうで》の職人が一本ずつ丹精込めて作ったものだ。初級者が扱うには高すぎる。

「今日は冒険者初心者講習の日じゃねぇよ。こいつ、結構腕が立つんだけど見た目でナメられそうだろ。今日だけ案内してんだ」

「……なるほど。一見すると細っこい坊やだな。見た目に惑わされる冒険者がいるとは嘆かわしい」

ラトルはすぐにアルの実力が見た目通りではないと見抜いたようだ。

「アルです。Dランクの冒険者なんですけど、新しい剣が欲しくて」

「儂《わし》はラトルだ。ここに置いてある剣は全部儂が作っている。お前が欲しいのは魔力を通す剣か？」

「はい。よく分かりましたね？」

「ふん。長いことこの仕事やってりゃそれくらい分かる。お前さん、魔力の保有量でかいだろ？　それなら少なくとも魔銀製じゃなきゃな。折角の魔力を効率的に使うためにもな」

ラトルがカウンターの奥からいくつか箱を持ってきた。

「魔銀製とかは表に並べてねぇんだ」

「どれも良い剣ですね。切れ味が良さそうだし、魔力の通りも良さそうだ」

アルの前に並べられたのは三本の剣。二本は魔銀製で黒銀の光を鈍く放っている。もう一本は僅かに青みを帯びた白銀の剣だった。この白銀の剣は魔銀で作られているとは思えないくらい白く輝き、優美な細剣だった。

「ラトル爺、この白いのは初めて見たな」

「そうだろうな。それはたまたま持ち込まれた変わった魔銀で作ってみたもんだ。普通の魔銀で作った剣より魔力の通りがいいんだが、何故か剣として重要な切れ味が悪くて、ずっとお蔵入りさ。ちゃんと研いでいるんだけどな。魔力もちゃんと通るのによ」

「そんなもん、売りもんとして出すなよ」

「だからお前さんにも見せたこと無かっただろうが。今日はなんとなく日を浴びさせてやるかと倉庫から持ってきていたから、そのついでだ」

レイが鈍《なまく》ら剣を出してくるラトルに呆れ、ラトルがそれに反論するのを聞きながら、アルは何故かその剣に惹《ひ》かれて目を離せなかった。

『……これは精霊銀だな』

「精霊銀？」

ブランの言葉に首を傾げる。初めて聞いた言葉だった。

「精霊銀……、あ！　これ、精霊銀だったのか!?」

ラトルが何故か慌てて、白銀の剣を手に取りじっと見つめる。

「精霊銀とはなんですか？」

「マギ国の精霊の森で産出される銀だ。精霊が住むと言われている森から産出された銀は剣には向かん。その剣自体が持ち主を選り好《えごの》みしてしまうからと聞いたが、本当だったのか」

「なんでマギの珍しそうな銀がここに持ち込まれんだよ？」

「はて、確か金が欲しいからと言われたんだがな」

「はあ？　わざわざここに持ち込んでか」

「儂もその時はちょっと変わった魔銀としか思わんかったんだ。魔銀は土地ごとに多少性質が変わるからな。だから理由なんて知らん」

「……そうかよ」

ラトルの話を聞いて何事か考え込むレイ。マギとはアルの母の生国であり、現在帝国と戦争をしている国だ。魔法技術が有名である。

『アル、この剣を持ってみろ』

「え？　あ、うん」

「どうした？」

「その剣、僕に持たせてくれませんか」

「試し振りか？　これは珍しい精霊銀みたいだが、剣としては鈍らだぞ？」

「ええ、分かっています」

アルの申し出に怪訝《けげん》そうな顔をするラトルだが、白銀の剣をカウンターに置いてアルに差し出してきた。レイが興味深そうにアルを見る。

シンプルな柄を握り持ち上げると、剣がアルの魔力を吸って一瞬輝いた。

「お？　今光らなかったか？」

「そういう仕様じゃねぇのか？」

「そんなヘンテコな仕様つけた剣なんか作らねぇよ」

アルはその剣の軽さに驚く。まるで剣とアルが一体になったかのように、持っている負担を感じない。アルが抑えていても周囲に放ってしまう余剰魔力を白銀の剣が吸い尽くし、その剣の力に変えているのが分かった。

「試し斬りさせてもらえませんか」

「ああ？　別にいいけどよ。斬れなくても硬いから傷一つつかねぇだろうし」

ラトルに案内されて、裏庭に置いてある丸太で試し斬りをすることになった。じっと見守るレイとラトルの前で剣を構える。

「はっ！」

『お見事。流石だな、アル』

丸太はスッパリと斬られた。あまりに断面が滑らかすぎて、しばらく倒れることもなかった。数瞬の後、丸太の斬られた上部が転がり落ちる。鈍らとはとても言えない、最上級の切れ味だった。

「……す、スゲーな！　どこが鈍らだよ！　めっちゃ切れ味いいじゃねぇか」

「まさか、そんな……」

レイが興奮して叫び、ラトルが愕然《がくぜん》とした表情を浮かべる。その目は剣だけでなく、アルを映して驚いていた。

「この剣……」

この剣はまるでアルのために作られたもののように感じる。ずっとアルの訪れを待っていたのだ。

「ラトルさん」

「……言わんでも分かっとる。それにするんだろ？」

ラトルが眩しいものを見るように細めた目でアルを見る。

「その剣はずっとお前さんを待っていたのかもな。言い伝え通りに持ち主を選り好みしていたわけだ。選ばれた人間にそれを売らないなんてこと、剣職人としてできるわけねぇ。大事にしとくれ」

「ありがとうございます」

「代金はちゃんと請求するぞ？　だが、持ち主を選ぶ剣がその持ち主を見つけた瞬間に立ち会えたんだ。剣職人としてこれほど光栄な瞬間はねぇ。多少おまけしてやるよ」

ニカリと笑ったラトルと共に店内に戻る。この剣にはまだ値付けをしていなかったようで、当時の精霊銀の買い取り額やその他の材料費、技術費などから値段を考えていた。

「ざっと、金貨十五枚ってところか」

「……それ、ほぼ原価だけじゃありませんか？」

「いいんだよ。今日はいい酒が飲める」

「……ひでぇな。俺の時は魔銀の剣に金貨百二十枚だったろ」

「馬鹿言え。お前の剣はでかいんだよ。その分たくさん魔銀がいるんだ。正当な額だよ。……まあ、半分くらい技術費だけどな」

アルにしか聞こえないくらい小声で呟かれた言葉は聞かなかったことにした。魔銀の大剣としては妥当な金額だったから、ラトルがぼったくっているわけではない。

「では、金貨十五枚で」

「おう。研ぎは基本的に要らねぇだろうが、整備したくなったらここに持ち込め。精霊銀を扱える奴はそんなにいねぇだろうからな」

「分かりました。ありがとうございます」

「全く気づかず扱って、できた剣を鈍ら扱いしていた奴ならここにいるけどな」

「うるせぇんだよ、お前。精霊銀なんて見たこと無かったんだからしかたねぇだろ」

言い合う二人を見つつ、アルはラトルが用意してくれていた鞘《さや》に白銀の剣を収める。そして腰元のベルトで吊るした。

『良い剣を手に入れたな』

「うん。ここに来て良かったよ」

『アル、そろそろ夜だぞ？　宿に帰ろう。飯だ、飯！』

「……ちょっとは余韻ってものを味わわせてほしいな」

余韻なく飯の催促をするブランに少し脱力する。しかし、それと同時に浮ついた高揚感もなくなったので、冒険者としては良かったのかもしれない。

「レイさん、僕はもう宿に戻りますね」

「おう！　なんか困ったことがあったら言えよ。俺は陽だまりの宿に泊まっているからよ」

「お前、まだあの宿が定宿なのか。もっといい宿に泊まれるだろうに」

「いいんだよ！　俺があの宿好きなだけなんだから」

「あ、今日は酒に付き合え、お前の宿の食堂、宿泊者以外も使えたよな？　儂あそこの自家製チーズで酒飲みてぇ」

「俺を巻き込むなよ、酒豪！　明日仕事になんねぇだろ！」

「一日くらい休んだところで食うに困るわけじゃねぇだろ」

「そういう問題じゃねぇんだよ」

「今日はありがとうございました。お先に失礼します」

言い合う二人には聞こえていないかもしれないが、一応礼を伝えてアルは宿へ帰ることにした。

『飯は肉尽くしがいいぞ！』

「あの宿はメニューを選べる感じじゃなかったからなぁ。どんなメニューだろうね」

『むぅ、我はたらふく肉を食いたい……』

ブランと今日の夕飯の予想をしながら歩く。腰元に下がる上等の剣の存在を感じて自然と背筋が伸び、アルはこの剣に見合う人間にならなくてはという決意を強めた。

九．拠点作り

宿で泊まった次の日。アルは町を出て森を進んでいた。森の朝の空気は清々《すがすが》しい。漂う魔力はちょっと禍々しいけど。

『宿の飯、いまいちだったな』

「……まあ、普通かな」

これといって特徴の無いものだったのは確かである。ショウユとか、この地特有のものがあればよかったのだが。ブランには量も足りなかったようだ。

『昨日の串焼きくれ』

「はいはい」

ブランに森蛇《フォレストスネーク》のタレ串焼きを渡す。ついでにアルも食べた。朝食がちょっと物足りなかったのだ。久しぶりのベッドは快適だったけど、自由に過ごしたいアルには少し宿は窮屈に感じて延泊の申請はしなかった。

『今日はどうするのだ。先に進むのか？』

「いや、この辺を探索しようかと。これまでちょっと急ぎ足だったしね。いずれこの剣の整備をお願いしに来るかもしれないから、転移の魔法陣の【印】を置くところを見つけたいな」

『そうか。戻ってくることを考えたら、転移が楽だな』

「うん」

襲ってきた角兎《ホーンラビット》を倒しつつ、ブランと会話を続ける。この辺りは角兎《ホーンラビット》が多いようだ。

『お前は魔法を詠唱するのに、なんで転移は魔法陣なのだ？』

「それ、聞いちゃう？」

アルは少し気が進まないながら、説明することにした。

「人間の魔法ってね、そもそも魔法陣を用いるのが主流だったんだよ。詠唱はその魔法陣を簡略化して言語化したものでね」

『ほう。人間は不便だな』

「まあ、魔物と比べたらね。普通に考えると魔法陣より詠唱のほうが便利なんだけど、詠唱って簡略化している分、出力が安定しないんだよね」

『へぇ』

「ブランが聞いてきたのに興味なくない？」

『いいから説明しろ』

「……はぁ。結論を言うと、転移の魔法を詠唱化してしまうと、出力が安定しなくて【印】を置いていてもどこに転移するか分からないってこと。僕の場合は転移の魔法陣を瞬時に脳裏に浮かべられるよう訓練したから、危険を冒してまで詠唱にする必要がないの」

『なるほど』

「魔道具も一緒だよ？　定められた効果を常に一定に保って作動させるために魔法陣が刻んであるの」

『そうか』

「……ねぇ、聞いていた？」

『我はちょっと感心しておるぞ。そんなに森蛇《フォレストスネーク》を斬りながら平然としているお前に』

いつの間にかアルの周りには森蛇《フォレストスネーク》の死んだ山ができていた。角兎《ホーンラビット》の次は森蛇《フォレストスネーク》かと思ったのは憶《おぼ》えているが、いつの間にこんなに斬ったのだろう。

「この剣、森蛇《フォレストスネーク》くらいじゃ斬った感覚あんまりしなくて実感なかったけど、ちょっとやりすぎた気がする」

『森蛇《フォレストスネーク》食い放題だな』

「これギルドで解体してもらって肉を引き取ったら、解体費用で収支マイナスじゃない？」

『アルが解体すればいいだろう？』

「……他人事《ひとごと》だと思って。解体用の魔法考えようかな」

平然としているブランにガックリと疲労を感じながら、森蛇《フォレストスネーク》をポイポイとアイテムバッグに放り込む。アイテムバッグの増産を先にすべきだろうか。

『拠点を作って魔法を考えたらどうだ？』

「拠点？」

『ああ。【印】を置くには安全な場所が必要だろう？　我がいた森では、お前が今持っている結界の魔道具と我の見張りのお陰で【印】は無事だったが、ここは魔の森だぞ？　【印】を置くなら、魔の森以外に置くか、今のものより強力な結界が必要だ』

「……たまにはちゃんとしたこと言うね」

『たまにはではない！　我は常に色々考えているのだ！』

久しぶりにブランに感心した。とても真っ当な発言である。

「はいはい。……ブランが言ったことをするとなると、拠点はあまり人が来ないもうちょっと奥かな」

『迷いの魔法を魔道具にすればいいんじゃないか？』

「……迷いの魔法ってよく知っていたね。あれを魔道具にね～。まあ、無理ではないかな」

迷いの魔法とは、生き物の認識を歪めて道に迷わせたり幻覚を見せたりするものだ。普通は効果時間が短いため魔物の気を逸《そ》らすくらいにしか使えないが、魔道具にできれば十分人避けとして有用だろう。

『では、拠点に良さそうな所を探すぞ』

「うん」

でも、まずはこっちに向かってきている魔物を狩ろう。

鳥型の魔物を剣でさっさと狩った後に見つけたのは大きな湖だった。

「お？　ここいいんじゃない？」

『ふむ。湖の近くか。水を利用できるし魚も取れるな。きっと魚型の魔物も狩れるぞ？』

「食べることばっかりだね、ブランは」

湖は透明度が高く、至るところに魚影やなにやら大型の生き物の姿も見られる。陸地に攻撃してくる様子はない。

あまりここは冒険者にとっての旨味がないのか、その痕跡が見当たらなかった。ほどほどに町に近くて、迷いの魔法の魔道具を置いても迷惑はかけなそうだ。

「よし、じゃあ小屋作ろう」

『がんばれ』

「……まあ、ブランはできないんだけどさ、ちょっと今イラッとした」

木が密集したところから適度に木を間伐してきて、魔法で乾燥させる。炭になってしまわないかちょっと緊張した。

その木の一部は剣で切って板状にした。これは小屋の床にするのだ。

魔物が邪魔してくるが、流石にブランが片付けてくれる。時々丸焼きにして食べているようだが気にしないことにしよう。渡したハーブスパイスは使いきってもまだたくさん残っているから大丈夫。

小屋の設置場所の地面を均《なら》し、魔法で固める。その後四方に柱を立てて丸太を組み合わせて壁を作った。途中、地面から少し上に床を張る。屋根にも板を張った。雨や雪は結界で弾くつもりだから最低限の屋根でいい。ちゃんと玄関口を開けてドアを取り付ける。窓がないと中が暗いので窓部分を切り取り、板戸をつけた。

「完成！」

『早かったな。だが、結界の魔道具を作らんと今日の夜は寝られんぞ』

ブランは今日町に帰るつもりはないらしい。アルも森の中の方が気持ちいいのでそれで構わないのだが、寝ずの番は嫌だ。

「ブランが見張っていてくれたら、僕は寝られるけど」

『我が眠れないではないか！　さっさと魔道具を作れ！』

「はーい」

冗談で言ったらプリプリ怒られてしまった。

素直に魔法陣を刻むための魔軽銀プレートと専用のペンとインクを取り出し、作ったばかりの小屋の床に広げる。そして、魔軽銀プレートをペンでガリガリ削りながら結界魔法陣を刻んだ。基本の結界魔法陣には、その強度や結界で弾くものの種類などを設定する空白部分があり、そこをアルなりに考えたもので埋めていく。

結界魔法陣を刻んだ魔軽銀プレートを魔軽銀製の箱に入れた。この魔軽銀製の箱は様々な魔道具で使えるため、たくさんアイテムバッグにしまっておいたものだ。結界効果のオンオフを示す魔法陣部分と箱にあるスイッチ部分を魔軽銀線で繋ぐ。

作動のための魔力源部分には窪《くぼ》みを作り、これまで狩ってきた魔物の魔石の中から最も質の高いのを選んではめた。

「完成したよ。これで効果の高い結界になっているはず。雨や雪を防いで、高ランクの魔物でも弾く。魔法の攻撃も防ぐように作ったよ」

『ほお、お前の魔道具作りの能力は見事だな』

「褒めてもアンジュジャムクッキーしかでないよ?」

『くれ!』

褒められて嬉しくなったので、作り置きクッキーにアンジュジャムをのせて渡した。尻尾を振って上機嫌にクッキーを味わうブランをよそに、アルは小屋の中央に結界魔道具を設置する。円球の結界だから、なるべく中央に設置した方が安全なのだ。

スイッチをオンにして外を確認すると、しっかりと結界が作動していた。ちなみに魔道具にブランの魔力を登録させているから、ブランは出入り自由である。

『力が満ちた結界だな。ドラゴンでもやってこない限り大丈夫だろう』

「不吉な前置き入れないでよ」

『そうか？　褒めたのだがな』

結界はブランの目から見ても良い出来だったようだ。これで今日は安心して眠れる。

『だが、この結界は魔力を相当食うのではないか？』

「そうだね。だから暫くは高ランクの魔物を狩って、魔石を確保しよう。今つけている魔石に僕が魔力を補充してもいいけど、留守中に結界が切れてもいけないからね」

『ついでに旨い肉も手に入るな』

「……解体の魔法の開発も必要か。あと、もう一個ぐらいアイテムバッグが欲しい。この小屋を認識不可にする迷いの魔道具も必要だし。……忙しいな」

だが、アルは魔道具作りが嫌いじゃなく、熱中しすぎてしまうくらいだ。その忙しさは苦じゃないなと笑みを浮かべた。


翌朝、開け放ったままだった窓から光が入ってきて目が覚めた。小屋から出て軽く伸びをする。結界内は温度調整風魔道具で暖めているから快適だが、結界外は随分と冷え込んでいるようだ。森の草が朝露で濡れている。寝起きに豊かな緑を見るというのは心が安らいでやはり良いものだ。

「んー、今日の朝ご飯はどうしようかな」

アイテムバッグの中身を考えつつ火を起こす。小屋内に囲炉裏を作るべきかもしれない。

アイテムバッグから森蛇《フォレストスネーク》を取り出して捌く。鳥肉のように脂身が少なく淡白な肉なので朝食で食べても重くないだろう。適度な大きさに肉を切り、ハーブスパイスをかけて、オイルを垂らした浅い鉄鍋で焼いた。もうひとつ取り出した浅い鉄鍋でバターを溶かし、固めのバゲットを切って敷き詰め焼く。こうするとバターを吸って美味しくなるのだ。

次に小鍋に小さく切ったパンプキンを入れ、少なめの水で茹でる。柔らかくなってきたところで刻んだハーブを入れて、ヘラで潰すように混ぜた。後はミルクでのばしてパンプキンスープの完成だ。

『いい匂いだな』

「ブラン、おはよう」

『うむ。腹が減ったな』

ブランはぽてりと座って腹をさすっている。食欲をそそる匂いで空腹感が増したようだ。そのブランの前にパンプキンスープと森蛇《フォレストスネーク》のハーブスパイス焼き、パンを並べる。アルの分も注いで、まずはスープを一口。

『このトロッとしたの、旨いな！』

「美味しいね。温まるな～」

温度は快適に保っているが、冷えた外を見ていると気分的にちょっと寒い感じがしていたのだ。パンプキンの優しい甘味が溶け込んだスープはそんな朝に最適だった。

『森蛇《フォレストスネーク》も淡白だがパサパサしてなくて旨い。このパンに挟んで食べるといいな』

パンに肉を挟んで大口を開けてかぶりつくブランをアルも真似《まね》して食べた。確かに淡白な森蛇《フォレストスネーク》肉と濃厚なバターが合わさって美味しい。肉をオイルではなくバターで焼いても良かったかもしれないが、それはちょっと朝には重すぎるかな。

『ふー、旨かった。やはり我はアルが作った飯が好きだぞ』

「ありがとう」

満足げに口周りを舐めるブランの顔を布で拭いてやった。パンプキンのスープで汚れていたからだ。

『……もったいない』

「ちょっと、顔についた奴を味わおうとしないでよ」

『ふん。……今日は何をするんだ？』

「今日は迷いの魔道具を作ってこの小屋を隠そうと思っているよ」

『そうか』

「ブランはどうするの？」

アルは終日小屋内での作業であり、ブランはすることがないだろう。まあ、いつも何もしてないから変わらないかもしれないが、一応聞いてみる。

『……我は一度この辺を散策してくる。長く生きてきたが、魔の森に来たのはここが初めてなのだ。魔の森がどういうものか見ておきたい』

「……え、ブランが凄く働こうとしている。珍しい。もしかして今日雪降るの？　ちょっとそれはまだ早いからやめて欲しい」

『何故我が森を散策したら雪が降るのだ!?　我はいつだっていろんなことを考えて動いているのだぞ！』

「普段全然そんな感じじゃないでしょ」

『むぅ。……アルには分からんのだ』

ぷいっとそっぽを向いて拗ねるブランの頭を撫でた。

「ごめん、ごめん。ブラン、森に行くならついでに良さそうな魔物も狩って来てよ。魔石欲しいし」

『……仕方あるまい。その代わり、今日の晩飯には甘味を貰うぞ！』

「分かったよ。昼はどうするの？」

『適当にその辺の魔物を食う』

「そっか、じゃあ別行動だね」

『うむ。……行ってくる』

ブランは一度伸びをしてから、ビュンッと消えた。相変わらず速い。

久しぶりの一人きりになって少しだけ寂しい。いつもの体温がない首元がうっすら寒く感じた。

「……よし、魔道具作ろう」

パチッと頬を叩いて気合いを入れる。朝食の食器を片付けて小屋の中に戻った。

「まずは机が必要だよね」

昨日床で作業した時に疲れたので、先に作業机と椅子を作った。小屋作りに使った木材が残っていたのでさっさと作る。

「迷いの魔法の魔法陣をそのまま使っても魔道具にはならないよな〜」

とりあえず紙に迷いの魔法の魔法陣を描いてみた。魔法陣に設定された範囲にしか魔法の効果が出ないので、このまま魔道具にしてもこの小屋を隠すようなものは作れない。

「ここをこうして、……あ、駄目だ、繋がりが切れた。じゃあ、こうだな。……うん。いい流れになった。ここの部分に効果範囲を設定して、威力はここだな」

紙の上で試行錯誤して魔法陣を完成させる。出来上がったものを指でたどってその魔力の流れが途切れないか確認した。

「これ、使ってみよう」

魔力を通しやすい特殊なインクを使って、新たな紙に魔法陣を描き写す。それを持って外に出た。紙を地面に置いて魔力を魔法陣に流し込む。特殊なインクを使った魔法陣は、短時間なら人の魔力を紙に留《とど》められるのだ。魔力を流すと、考えた通りに半径二十メートルの範囲に魔力が広がっていく。十分に魔力を流し込んだあと、急いで効果範囲外に出た。

「おお！　ちゃんと認識できなくなっているし、不思議と近づく気にならないな」

迷いの魔法は何故か近くの生き物の気持ちにも作用して、対象範囲に近づく気をなくさせる効果があった。

今回のアルの作った魔法陣では、範囲内のものを見えなくして、その先の景色と違和感ないように偽物の景色が作られている。実際に結界に触れられたらそこに何かあると分かってしまうが、そもそもここに何かあると知らない人は無意識に近づくのを避けることになるから問題ない。

「よし、これを魔道具にしよう」

ちょうど蓄えられた魔力が切れて効果が消えたので、インクの消えた紙を拾って小屋に戻った。

昨日も使った魔軽銀のプレートを取り出す。魔軽銀はほどほどに柔らかくて魔力を通すので使いやすいのだ。ペンとインクでガリガリ刻みつつ魔法陣を描く。魔力源のところには魔石を設置できるようにして魔軽銀の箱にセットする。

「出来た！」

早速魔石を入れてスイッチをオンにする。それを結界魔道具の下に置いた。

「見てみよう」

外に出て小屋から離れると、結界の端から十メートルほど進んだところで小屋が見えなくなった。このくらいの余裕があれば結界に触れてその存在に気づかれることもないだろう。

「これ、魔物にも効くのかな？　効くならあんまり結界を使わなくてもいい？」

結界は迷いの魔道具よりも大きな魔力を消費するのでできれば節約したい。ここを離れて再び旅に出ている間に魔石の魔力切れで結界が消えてしまうのも困るし。

「……ちょっと結界の魔道具を作り変えよう」

小屋に戻って結界の魔道具をオフにする。今日はブランがいないので魔物の気配に神経を張り巡らせつつ、結界の魔法陣に手を加えた。まず、効果を二段階にする。普段は雨や雪などを防ぐ弱い物理結界だけにして、迷いの魔道具の効果範囲内に魔物が入ったときは瞬時に強力な物理魔法結界が展開されるようにしたのだ。これで迷いの魔道具に惑わされる魔物には強力な結界が展開されないので、魔力の節約になるはずだ。次に、魔石の予備をセットできるように外付けの魔石入れを作り、結界の魔道具に接続する。結界の魔道具内の魔石が消えたら、自動的に外付けの魔石から魔力が使われるのだ。

「完成〜、これ、大分効率的で安全になったかも」

こうなると迷いの魔道具に魔石の予備がないのが気になる。少し考えて迷いの魔道具も外付けの魔石入れに繋いだ。ここにたくさん魔石を入れておけばどちらの魔道具にも対応できるだろう。

「あ、もうすぐ夕方だ。ブランが帰ってくるかも」

魔道具作りに熱中しすぎて昼ご飯を食べるのも忘れていた。ブランが夕飯に甘味を要求していたことを思い出して、慌てて夕飯の準備を始めた。

「甘味から作っておくかな」

外に出て火を起こしたアルは、アイテムバッグから材料を取り出す。卵と小麦粉、砂糖、ミルク、オイル、アンジュジャムを調理台に並べた。卵を卵黄と卵白に分けて卵黄は脇によけておく。卵白に砂糖を加えて角が立つまで混ぜメレンゲを作る。別のボウルに卵黄とミルク、オイル、アンジュジャムを混ぜあわせ、小麦粉をふるってさらに混ぜた。この生地とメレンゲをあわせて、泡を潰さないようにヘラで混ぜる。これをオイルを塗った金型に入れて、窯で焼けば完成だ。

「夕飯は、やっぱり熊肉かな」

ギルドから引き取ってきていた熊肉の塊をバッグから取り出して一口大に切り分ける。それを臭み消しのハーブと共に下茹でした。別の鍋にイモやニンジン、オニオンなどを切って炒めた後、作り置きしてあったデミグラスソースで煮込む。下茹でが終わった熊肉もそこに投入して後はグツグツ煮込むだけ。辺りに良い匂いが広がる。結界外へは匂いや音が漏れないようにしているから、いくら食欲をそそる匂いを出そうとそれで魔物が寄ってくることはない。

「うーん……。ブランどこまで行ったんだろうなぁ。もうすぐ夕飯の時間だよー、早く帰ってこないと先に食べちゃうぞー」

半日もブランの姿を見てない。旅に出てからはほぼずっと傍にいた存在が感じられなくて、少し違和感を覚えていた。

「……一人きりで過ごすことには慣れていたはずなのに、こんなに寂しく感じるのは僕が弱くなったってことなのかな」

ブランと過ごすうちに、無意識のうちに心が弱くなっていたのだろうか。しかし、弱くなったとしても、昔孤独だった時よりも今の方がずっと幸せだ。たまに一人になって寂しく思おうと、ブランと一緒に楽しく過ごせる時間があるなら何の問題もない。

「ブラン、早く帰ってこないかなぁ」

アルはぽつりと呟いて、木々の合間から白い姿が見えないかと目を凝らした。

十．ブランの探索

『まったく……、我を怠け者のように言いおって……』

ブランはアルと別れて魔の森の探索に出た。こうして今いる場所の把握に努めるのは、魔物としての習性のようなものだ。自分の縄張りがどういう場所か把握するために、一度は見回らないとなんだか落ち着かないのだ。

その点、人間であるアルは呑気なものだ。結界の魔道具の効果はブランの目から見ても確かなものだったが、絶対に安全という保証があるわけではない。

『か弱い人間のくせに。我が守ってやらねば早々に死んでしまいそうだ』

これまでの旅の間、ブランは時々意識を広げて森の様子を確認してきた。アルを追っているらしい人間やアルでも敵わないような魔物がやって来ないか、森の様子に気を配ってきたのだ。それはアルに悟られないくらい自然に行っていたので、常に怠けているように見えたのかもしれない。でも、ブランなりにアルの安全を考えて働いていたのだ。

『この森は異様だな……』

アルの拠点から十分離れたところで足を止める。樹上に跳び上がり、意識を広げて森の全体像を把握しようとしてみた。この能力は聖魔狐《セントフォックス》として元々持っていたものではない。昔、若気の至りでやったことの結果得た能力だ。聖魔狐《セントフォックス》としては長すぎる寿命もそのとき得たもので、正直面倒なことをしてしまったと思っている。ブランはこれまで気が遠くなるほどの時間を退屈に過ごしてきた。そのほとんどはうつらうつらと微睡みに沈む時間であり、生きることに飽いてもいた。そんな中出会ったのがアルだ。人間のくせに森に受け入れられる不思議な存在。

『ふむ。やはり我の能力が通用しないか……』

意識を広げてみても、一向に森の様子を把握できない。自分の能力が全く通用しない現状に僅かに苛立《いらだ》つ。これではアルを万全に守ることができない。足踏みするように木で爪を研いで苛立ちを紛らわせた。

『結界もどれだけ役に立つか分からんな。……駆けて調べるしかないか』

広大なこの森を駆け回るのは、流石のブランでも一苦労だ。面倒な場所にため息をつきながら、再び駆けだした。

暫く走り回って森の様子や魔物の分布を確認する。ブランの見る限り、アルの脅威となるほどの存在は近くにはいないようだ。だが、森の奥深くにはブランでも何故か近づけない場所があって、警戒心を解くことができない。

『あれはなんなのだ？　我の能力の領域外にあるモノ。気味が悪い……』

魔の森は奥に向かうほど漂う魔力が濃くなり、魔物も強いものがいるようだ。整然と魔物が強さの順で縄張りを分けているのは、森に住み慣れたブランから見てあまりに奇妙だった。明らかに何者かの意思がこの森に働き、整然とした生態系が生み出されている。

『こんな奇妙な状態に違和感を覚えずにいられるなんて、人間は鈍感だな』

魔の森のすぐ近くにある町を思い出して、人間の鈍感さと図太さに呆れるやら感心するやら。魔物であるブランのように感覚が鋭くないから、こんな場所の近くでも暮らせるのだろう。

『……さて、大体は見て回ったが、どうするか』

空を見上げると太陽はまだ中天にある。思っていたより早く用事が終わってしまった。このままアルのところに帰って昼飯を強請《ねだ》ってもいいのだが、それではまた怠け者と呼ばれてしまいそうだ。それはちょっと気に障る。

『魔の森と言えば、アルに最初に貰ったクッキーは魔の森産の果物が使われていたんだったか？』

ブランの長い生においては最近の出来事を思い出す。

微睡みに沈む中、不意に鼻先に届いた甘い香り。ブランはその香りに誘われるようにしてアルに出会った。その時食べたクッキーの味を思い出して、無性にそれを食べたくなった。

食事と言えば魔物や動物の丸焼きを食らうばかりで、時々木に生《な》っている果物を食らうのが退屈な生における唯一の楽しみだった。そんなブランに突如訪れたまるで新しい甘味の存在は衝撃的なものだった。

アルにはこれまでにたくさんの食事も甘味も作ってもらった。そのどれも旨かったし満足しているが、一番初めに食べたあのクッキーは、ブランの中で特別なものだ。

『他の果物を使ったクッキーは食っているが、あの果物はあれっきりだったな。魔の森産ということは、ノース国からグリンデル国に輸出されたものだったはずだ。つまり、この近くに生っている可能性が高い』

辺りを見回してみても、それらしき果物が生っている木はない。

『むぅ。あれはなんという果物だったか。確か、アルが言っていたはずだ』

思い出せない自分に腹が立って、とりあえず近くにいた魔物を一撃で倒す。考え事の邪魔をする奴は、食えるもの以外倒して放置だ。

『……しまった。持ち帰るのが難しいな。アイテムバッグを借りてくればよかった』

旨そうな馬型の魔物も倒していたが、今の体格では持ち運べそうもなかった。それにも苛立って近くの木に爪を立てる。柔な木はすぐに倒れてしまうが、この森ではすぐに再生するから気にしない。苛立ちを紛らわせたところで落ち着いて考えると、以前に果物の絵を見たことを思い出した。

『あれは、アルが持ってきた図鑑だったか。クッキーに使われていた果物を教えてくれたんだったな。あの森では見ない珍しい果物だからと。魔の森特有の果物だと言っていたか』

果物の名前は思い出せなかったが、その見た目は思い出せたので、この森を探せば見つけられるかもしれない。だが、あまりにこの森は広すぎる。

「なんの音かと思えば、お前はアルの従魔じゃないか？」

突然人の声がした。近くに人の気配があることには気づいていたが、まさか声を掛けられるとは思わなかったので驚く。

『……レイか』

「狐君、こんなところで一匹で何しているんだ？　……随分魔物を倒したようだな。お前、実は強い魔物なのか。森狐《フォレストフォックス》ではなさそうだと思っていたが」

近づいてきたレイは、ブランの周りに散らばっている魔物の残骸に顔を引き攣らせたようだ。

『我は森狐《フォレストフォックス》なんぞではないと言っておろうが。……聞こえないんだったな』

「アルは近くにいるのか？」

レイとの会話は成り立たない。ブランが頑張れば言葉を伝えられるだろうが、そこまでするほどレイを気に入っているわけではない。

『お前、魔の森に詳しそうだな。ここら辺で生る果物も知っているか？』

「この辺の魔物どうするんだ？　収納する物も持っていないようだが」

『むぅ。その辺の奴はお前にやる。この馬だけ残せ。その代わり、果物がどこに生っているか教えろ』

ブランは馬の魔物を避けて、他の有用そうな魔物の残骸をレイの周りにせっせと集めた。小さい体格のままだとやりにくいが、レイに本来の姿を見せるのもなんだか嫌だ。

「なんだ？　俺にくれるのか」

察しが良いレイはすぐにブランの意図に気づいて礼を言いながら魔物を収納しだした。それに頷き、空いたスペースに丁度良く地面が見えていたので、爪で引《ひ》っ掻《か》いて絵を描く。アルに見せてもらった図鑑の絵を思い出しながら描いたが、なかなか上手く描けた気がする。

「爪の調子が悪いのか？」

『違う！』

見当外れなことを言って心配そうな顔をするレイの脛《すね》に尻尾を叩きつける。

「っ……地味にいてぇ」

これくらいで呻《うめ》くレイはアルより軟弱だ。アルにするよりも些か強めに叩いてしまった気もするが、アルより体格が良いのだからこれくらい問題ないはずだ。脛を擦っているレイを無視して地面を叩き、絵を見るよう伝える。

『これを見ろ！　この果物はどこにある？』

「なんだよ。ご機嫌斜めか？　アルはどこにいるんだか……。ん？　何かそれ絵みたいに見えてきたぞ。まさか魔物が絵なんて描くわけない……よな？」

『魔物だって、我くらい高貴で知能があれば絵ぐらい描けるに決まっておろう！　……描いたのは初めてだが』

「うーん、何か抗議されている気がするなぁ。まさか本当に絵を描いたのか？」

レイが半信半疑な様子でじっと絵を見つめた。

「これは……丸い粒々がたくさんあるのか？　気持ち悪いな」

『我の絵を気持ち悪いとはなんという言い草だ！』

「つ、いてぇって！　尻尾で叩くの、止めてくれ！」

苛立ちのまま尻尾を叩きつけると、嫌そうな顔で抗議された。ついでにちょっと距離を取られる。

『むぅ。さっさとこれが生っている場所を教えろ！』

「うーん、これきっと、狐君が好きなものだろ？　なんだ？　こんな魔物は流石にいないし、こんな草も見たことねぇな。……ん？　果物はどうだ？」

『おお！　それだ。果物だぞ！』

じっと絵を見つめて首を傾げるレイに頷いて見せると、驚いたように凝視された。

「……問いかけに頷くってことは、俺が言っていることも理解しているのか。面白いな」

『それはいいから、さっさと教えろ！』

「果物か……。粒々がたくさん……グレプか？」

『そんな名前ではなかったぞ』

「違うか。……あ、フランベリーはどうだ？　赤くて小さい粒々がたくさんある実だぞ？」

『それだ!!』

レイに言われた瞬間に、過去の記憶が蘇《よみがえ》った。確かにアルはあの果物のことをフランベリーと呼んでいた。思い出せたことが嬉しくなって思わず尻尾を振る。

「お、当たりだな？　フランベリーを探しているのか。フランベリーが生る木はここからちょっと離れているぞ」

『なに？　うぅむ、今日はもうそろそろ帰らなければ、アルが大丈夫か心配だ』

果物について思い出そうと頑張っていた時間とレイとの問答の時間のせいで、日が傾きだそうとしていた。ここはアルの拠点からだいぶ離れているので、そろそろ帰らないと拠点に着くころには日が暮れてしまう。アルの拠点には結界があるとはいえ、あまり放っておくのも不安だ。

「フランベリーはここより西の方にあるぞ。そうだな……町からの距離はここと同じくらいだから、狐君でも問題なく行けるんじゃないか？」

『そうか。では、次の機会にそっちの方を探索してみるぞ』

ブランが頷くと、レイが感心したように呟く。

「狐君、方角も分かるのか……」

『お前、我を馬鹿にしているのか!?』

「いってぇ!!　今までで一番痛かったぞ!?」

失礼な人間の脛に尻尾を打ち付けて、ブランはアルの元に駆けた。脛を押さえて呻く人間のことなんて知らない。馬の魔物を置き去ってしまったことに気づいて戻った時にはその姿が見当たらなかったので、なんの問題もなかったはずだ。

十一．成果の報告

ブランの帰りを待ちつつ夕飯を準備していたら、不思議な光景を目にした。

「……あれ？　ブラン、何をしているんだろう」

三メートルほどの本来の姿に戻っているブランが、いつの間にか離れたところでこてりと首を傾げていた。視線が合わないのでアルのことが見えていないようだ。

「……あ、迷いの魔道具が効いているのかな」

とりあえず鍋がもう出来上がりそうなのでブランを迎えに行くことにした。

「ブラン？　入っておいでよ」

『む？　急に現れたな、アルよ』

「迷いの魔道具だよ。ここが境界になっているの」

『ほお、迷いの魔法とはここまで効果的なものなのか。我でも一瞬場所が合っているか疑問に思ったぞ』

「やっぱり魔物にも効くんだね」

『そうだな。だが、それなりの魔物は違和感を覚えても近づいてくるだろう』

「まあ、この迷いの魔道具は、基本的に人避けだから」

『ふむ。であれば十分だろう』

頷くブランの大きな顎下辺りを撫でる。ブランが本来の姿で帰ってきた理由は、その後ろにあるもので明らかだった。黒い毛並みの馬がブランの後ろに転がっていたのだ。狩った獲物を持ち帰るために、本来の姿になったのであろう。ブランは瞬く間にいつもの肩のりサイズに戻って、アルの肩に駆け登った。

『肉を狩ってきたぞ』

「これなんて魔物だろう。……黒魔馬《ネグロマギホース》か。へぇ、Bランクって凄いものを狩ってきたね」

鑑定してみると魔物ランクが分かり、褒めるようにブランの頭を撫でた。

『旨そうだろう？』

「そうだね。魔石の質も良さそう。ありがとう。解体は明日ギルドに持っていってして貰おうかな」

『今日食わんのか……』

「今日は炎獄熊《フレイムベア》のブラウンシチューを用意しているよ？」

『ブラウンシチュー……あの黒猛牛で作ったものか！　あれは旨かった。熊肉でも旨いだろうな。早く食おう！』

尻尾をブンブン振って催促するブランに笑って、とりあえず黒魔馬《ネグロマギホース》をバッグに仕舞う。そして夕食の準備を再開した。

「はい。シチューとパン、食後にはアンジュジャムのシフォンケーキだよ」

『む？　初めて見たものがあるな』

「まあ、それはお楽しみに」

ブランの前に夕食を並べると、すぐさまシフォンケーキに注目された。目をキラキラと輝かせ、興味津々だ。

まずはシチューを食べる。硬めな肉質だった炎獄熊《フレイムベア》の肉は、しっかり煮込まれたことでスプーンでも切れるくらい柔らかくなっていた。ソースと共に食べると、程好《ほどよ》い弾力の質感と肉から染みだす旨味が感じられてとても美味しい。

『旨いな！　この肉は食い応えがあるぞ』

「美味しいね。熊肉って初めて食べたな」

『うむ。公爵領や王都の近くの森には熊はいないからな。我も昔遠出した時に食って以来だ』

「へえ、そうなんだ」

確かにあの森で熊を見たことはなかったなと思いながらシチューを完食する。ブランもアルの三倍の量を平らげ、シフォンケーキを摑んでいた。

『旨いぞ！　ふんわりしっとり柔らかくて、アンジュの濃厚な甘味と酸味もある。これはいくらでも食えるな！』

「そんなに量ないけどどね」

アルもシフォンケーキにフォークを入れ一口食べる。柔らかなケーキは、あっという間に溶けるように消えていったが、甘味と酸味のバランスが良くてとても美味しい。

「……美味しいなぁ」

用意していたお茶を飲みつつ食べ続けていたら、あっという間になくなった。

『……もっと食べたい』

「残念ながら、もう残ってないね」

名残惜しげに皿を舐めるブランから皿を取り上げて片付ける。ブランにもお茶を渡した。

「ブラン、魔の森を見回ってみてどうだったの？」

『……この森は、何らかの意思のもとに作られたものだろう』

「意思？」

意外な言葉を聞いて、片付ける手を止めてブランを見た。ブランはピチャピチャとお茶を舐めるのをやめ、森に視線を巡らせた。

『魔の森には濃厚な魔力が漂っている』

「そうだね。それが魔の森の定義だもの」

『うむ。その魔力が魔物を生み出し、森を修復する。では、その魔力はどこから生まれたものだ？』

それは前からアルが疑問に思っていたことである。本来空気中に存在する魔力は、空気にと

け込んでいるが故に、どこの場所でもほぼ一定である。しかし、魔の森の魔力は、森の外と中とでその濃度があまりにも違いすぎる。――まるで、何者かが魔の森の魔力を遮断する結界で塞いでいるようだ。だが、アルが見たところ、森の周囲に結界は無かった。

『この森は、奥に向かうほど漂う魔力が強くなっている。それにより、森の奥のいたるところで魔物が生まれていた。生まれた魔物は、弱いものは森の浅いところへ、強いものは森の奥地にいるようだ』

「まあ、魔物の強さによる生息分布の違いはどこの森でもあるよね」

『ああ。だが、それがあまりに規則的すぎるのだ。普通の森では生存競争に負けたものが森の浅場に追いやられる。だが、この森では整然と、魔物同士が争うこと無く縄張りを作っているのだ』

「それは、なんと言うか……」

まさに、何者かの意思が介在していると言いたいのだろう。

『魔力の最も濃いところを目指したのだがな。どうも何かしらの魔法がかけられているようで、辿り着けなかった』

「え？　ブランでもできないの？」

ブランは、アルが知る限りの中で最も強い魔物である。こうして人間と念話できる知能を持つぐらいだ。そのブランができなかったと知って、結構本気で驚いた。

『……我でもできないことはある。例えば――』

「例えば？」

ブランにできないこととはなんだろうと考える。解体はできないし、人間ほど手が器用ではないので魔道具を作ったり料理をしたりもできないだろう。……できないこと、わりとあるな。

『……何か良からぬことを考えてないか？』

「いや、別に？　何かなーって思っていただけ」

『ふーん？』

ジト目のブランを笑って躱す。ブランはため息をついて話を戻した。

『神の関与することは、我が関与できないことの一つだな』

「神？　……って、創造神のこと？」

『そうだ。神がこの世界を創り、最初の生き物を創り、秩序を創った。その神が創ったものの中にこの森もあるのだろう。どういう目的のために創ったのかは分からんが、我が辿り着けなかったところになにかがあるのは確かだな』

「へぇ」

『……なんだ、興味はないのか？』

「いや、別に。この森が何なのかを追求する気はないし。僕らが森で生活するのに、何か支障が生じるの？」

『いや……ないな』

不快げに顔を顰めていたブランは、アルの言葉にキョトンと瞬きして、首を横に振った。そして何かを考え込みながら何度か頷く。

『確かに、何も問題ないな。神が何を目的にしようと、我らには関係ない』

「そうでしょ？　この森で魔物を狩れて、有用な植物が採れさえすれば問題ない」

『そうだな。むしろ肉が無限に生まれてくるのだ！　魔物を倒すことさえできれば、これほど有用な森はないな！　無限狩りしよう！』

急にテンションが上がるブラン。アルはその頭をパシパシと叩いた。

「待って、待って、そんなに狩っても解体できないからね。無限狩りするなら、自己処理でお願いします」

ブランは不満そうにアルの背中に尻尾を叩きつける。

『つまらん！　もっと根性みせろ！』

「いやいや、根性でどうにかなるものじゃないからね？」

ぷんぷんと怒るブランを適当に宥めすかした。

十二. 魔の森の異変

次の日、アルは森を散策していた。

「おっ、これがショウユの実かな」

『ふむ。小さいな』

小屋は一応人目を避けて、かつ安全になるよう作れたので、転移の【印】を設置して置いてきてある。これで森深くを探索してもすぐに小屋に帰れるので、帰り道を気にせず自由に動いていた。時折冒険者の気配を感じて迂回する。獲物を横取りするのもよくないからだ。

森の浅いところから少し奥に入ったところに小指の先ほどの茶色い実が鈴生《すずな》りとなった木があった。鑑定してみると、これが屋台のおじさんに言われたショウユの実らしい。アルもブランもショウユタレは気に入っていたので、嬉々《きき》として採取した。これはとりあえず自分たちが使う分だ。余ったら屋台のおじさんに売りに行こうと思う。

「たくさん採れたね」

『うむ。これでショウユタレをたくさん作れるな』

「別の料理にもこれ使えると思うんだよね」

『アルの料理ならば楽しみだ』

鑑定によりショウユの実からショウユにする方法は分かったので、後で作ろうと思う。まずは魔石を手に入れるために魔物狩りと、ついでに果物なんかの採取をしたい。ブランは甘味もよく食べるので、果物はあって困ることはない。できればアイテムバッグの素材も欲しいが、この森で手に入れられるかは分からない。

『む？　何か来るぞ』

「あ、ほんとだ」

何やら大きな魔力が近づいてくる。それなりの高位の魔物のようだ。きっと良質の魔石をとれるだろう。アルは白銀の剣を抜いて構えた。意識的に魔力を流し込むと、それに応えるように剣が一瞬光を放つ。

「大物相手の出番だね。この剣がどれくらい通用するか判断できる」

『我は離れておこう』

ひょいっと飛び下りたブランが消えた。きっとどこかの木の上に行ったのだろう。

「グワァオッ！」

「お？　……鑑定」

突進するようにやって来た魔物をひらりと避ける。鑑定してみると、黒魔虎《ネグロマギタイガー》という森虎《フォレストタイガー》の上位種のようだ。魔物ランクはBで、本来ならばDランクの冒険者が相手にできる魔物ではない。

「Bランクかぁ。炎獄熊《フレイムベア》もだけど、結構森の浅いところにも高ランクの魔物が出てくるんだな。ブランは強さで縄張りが分かれているって言っていたけど」

スピードが速い分、炎獄熊《フレイムベア》よりも黒魔虎《ネグロマギタイガー》の方が強いだろう。闇魔法持ちでもあるようだし、油断はできない。色々考えつつ黒魔虎《ネグロマギタイガー》の突進を避けていると、不意にその姿が消えた。

「いや、違うっ――」

風の魔力を纏って木の上に跳び上がる。その一瞬後にアルの影から黒魔虎《ネグロマギタイガー》が跳び出してきた。闇魔法の一つ、影渡りだ。影に潜り込んで、他の影から出ることができる魔法である。

「魔物って、ノータイムで魔法を発動できるからズルいよね」

木の上から黒魔虎《ネグロマギタイガー》を見下ろして呟く。一瞬標的を見失って動きが止まった黒魔虎《ネグロマギタイガー》の首元を目掛けて、木から飛び下りつつ剣を振った。

「グワァッ！」

「おぉ！　凄いな、この剣」

剣はしっかりと黒魔虎《ネグロマギタイガー》の首を斬り、Bランクの魔物を一振りで絶命させた。

「……でも、思っていたより魔力吸われている」

魔力が大きいアルだから大丈夫だが、普通の人が使ったら魔力不足で昏倒《こんとう》するだろう。

『ふむ。やはりお前には精霊剣が合っているな』

「そうだね。僕はこのくらい魔力を吸われても何も問題ないし」

『……まぁな。それより、このくらいの浅いところにこんな強い魔物が出てくるのはおかしいな』

「それは僕も思っていたよ。ブランは昨日見回っていたけど、黒魔虎《ネグロマギタイガー》の縄張りってやっぱりこの辺じゃないよね」

『うむ。もっと奥だったはずだ』

「おかしいな……」

ブランと顔を見合わせる。

「……ちょっと、森の浅いところにいる冒険者に警告する？」

『……そうだな。まあ、森に入る以上は自己責任だろうが』

「そうだけどね。ちょっと気になるから」

ブランの了承をもらって、黒魔虎《ネグロマギタイガー》をアイテムバッグに仕舞い、町の方へと歩き出した。

暫くは襲ってくるのは角兎《ホーンラビット》や森蛇《フォレストスネーク》ばかりで大して変化は見られず気のせいかと思い始めたが、町に近づくにつれ何やら騒ぎが起こっていることに気づいた。

「森での魔物討伐は中止！　低ランクは直ちに防壁の中へ！」

「中ランク、高ランクは防壁の中の対策室前へ急げ！」

「魔物暴走が来るぞ！」

幾つもの叫び声がしていたが、よく聞くとどれもが冒険者に危険を警告していた。

「魔物暴走だって」

『ほー、また、面倒な時期に滞在してしまったな』

「……まあ、高ランクの魔物をたくさん狩れば、一気に魔石集めができるね」

魔物暴走とは、本来森からあまり出てこない魔物たちが、集団で町に襲ってくる現象だ。魔物がそんな行動をする理由はまだ分かっていない。

「お？　アルじゃないか」

「あ、レイさん」

「森で魔物討伐していたのか？」

「はい。ここから近いところで黒魔虎《ネグロマギタイガー》を倒しました。こんな近いところにいるなんて珍しいから、ちょっと警告のためにこっちまで来たんですけど」

「……黒魔虎《ネグロマギタイガー》がこんな浅いところまで来ているのか。魔物たちの群れが到達するのも思ったより早いかもしれんな。つうか、あっさり黒魔虎《ネグロマギタイガー》討伐するって、お前凄いな」

偶然出会ったレイに報告すると険しい顔をした。やはり普通のことではなかったようだ。

黒魔虎《ネグロマギタイガー》をあっさり倒したことに感心するレイに剣を示した。

「この剣のお陰ですよ」

「お、やっぱりその剣凄いんだな？」

「そうですね。予想以上です」

「ほー」

レイと歩きながら町に入る。混雑しているかと思ったそこは、予想より整然としていた。

「魔物暴走は時々ある。対応は綿密に練ってあるから、そこまで混乱しないんだよ。……ただ、今回の魔物暴走はいつもより規模が大きそうだ」

「そうなのですか？」

「ああ、偵察してきたところだが、かなり高位の魔物も町を目指しているようだ。高ランクの冒険者には頑張ってもらわねぇと、この町の防壁くらいは簡単に突破されちまうかもな」

軽い口調だが、その表情は緊張で強張《こわば》っている。これまで何度も魔物暴走に対応してきただろうレイでも、今回は危機感を感じているようだ。

「……そんなに厳しい感じですか」

「まあ、あまり悲観的なことは言いたかねぇがな。既に近隣の町に救援要請を出しているはずだが、そっちも防御を疎《おろそ》かにするわけにはいかねぇから、どこまで来てくれるものやら。せめて高位の聖魔法の使い手に来てもらいたいがな」

「……そうですね」

聖魔法とは、怪我を治したり穢《けが》れを浄化したりする魔法だ。この魔法の使い手はあまり多くない。複雑で高度な魔力構築と制御が必要だからだ。アルも一応聖魔法を使えるが、それよりも魔物狩りに集中した方が良いだろう。ブランも聖魔法を使えるが、アル以外の人間を助けようとするとは思えない。

「俺は偵察結果を報告してくる。お前はDランクだが……実力的には俺に匹敵するだろう。俺が推薦するから、前線に出てくれないか」

対策室と書かれた簡易の建物の前で、レイが真剣な眼差しをアルに向けた。普通のDランクだったら防壁の内側や上から攻撃を撃ち込むのを任せられるのだろう。森に入って魔物を撃退するよりそれが簡単で安全だ。だが、今回は魔物暴走の規模が大きい。一体でも多くの魔物を町に近づけさせないことが大切で、高ランクの冒険者は森の中で魔物と対峙する必要がある。

それをアルにも任せたいということだ。

「……ええ、元々、僕は森で魔物と戦うつもりでしたから」

「そうか、良かった。正直、今この町にいる高ランク冒険者は多くなくてな。頼んだぞ」

ホッとした様子でアルの肩を叩いたレイが対策室の中に消える。

「……たくさんの魔石獲得の絶好の機会だね」

『うむ。森の中で高位の魔物を探し回るのは大変だと思っていたが、向こうからたくさん来るなら楽できるな』

危機感いっぱいのこの町の住人や冒険者に対しては少し申し訳ないが、効率の良い魔石獲得の機会がやって来てアルはウキウキした。ちょっと不謹慎だから顔には出さないが。

暫くそのままで待っていると対策室から人がゾロゾロと出てきた。どうやら対策会議が終わったようだ。

「Aランクと Bランクの冒険者はこちらに！」

「Cランクと Dランクはこっちだ！」

「Eランク以下はこっちに来ぃ！」

対策室から出てきた冒険者ギルドの職員らしき者たちがそう呼び掛けながら冒険者を分け始めた。

アルは Dランクなのでそちらに行くべきかと迷ったら、対策室から出てきたレイに腕を引っ張られて Aランクたちの方へと連れていかれる。

「ん？　そっちの奴が、お前が実力を保証するって言っていた Dランクか？」

「ああ」

三十人ほどの冒険者たちに一斉に見られてちょっと嫌だ。ソロッとレイの後ろに隠れてみる。

「……まあ、こんな感じの奴だが、実力はある。さっきも黒魔虎《ネグロマギタイガー》を討伐してきたらしい」

「ほぉ。レイがそこまで言うなら分かった。だが、我々ギルドは、その者が実力不足で死んだとしても責任は負えんぞ」

「分かっている。……大丈夫だよな」

「ええ、問題ありません」

レイに聞かれたので頷いて答えた。冒険者は基本的に全てが自己責任という原則の下、自由に活動することが許されている。今さら聞かれずとも、アルは自分がすることの責任は自分で取ることをしっかり分かっていた。

「これで森に出るのはちょうど三十人か。まあ、多くはないが、何とかするしかない」

この町にはBランク以上の冒険者が三十人近くいたらしい。アルの感覚からしたら多いが、魔の森の今回の魔物暴走に対峙するには少し心許《こころもと》ないのだろう。誰もの顔に幾ばくかの不安が窺《うかが》える。

「知っている者も多いだろうが、私はカントの冒険者ギルドのギルドマスターであるデュオンだ。この度の魔物暴走の対策室指揮官を務める。Aランク及びBランクの冒険者にはギルドからの強制依頼として、森の中での魔物討伐の任に当たってもらう。その目的は一つ。高位ランクの魔物を町に近づけないことだ。Dランク以下の魔物は防壁近くで対処するから放置していい。とにかく、Bランク以上の魔物はきっちり仕留めてもらいたい。いいか？」

「……報酬は？」

「全員一律で金貨一枚。それに魔物討伐数に応じて加算される。アイテムバッグを持っていたら、自分が討伐した分は仕舞っていい。後で申告してくれ。暴走鎮圧後に森の魔物の死体を回収する。その魔物素材をギルド側が査定して、それぞれの報酬に加算する」

高位ランクに対しての報酬として金貨一枚は安いが、これが町の存亡がかかったことであるのと、魔物討伐により多額の報酬増額が見込まれることから、妥当な依頼だろう。連戦が予想されるのでいちいち倒した魔物の数は把握できず、報酬の分配が大雑把になるのも仕方ない。

「自分用の魔石は確保しなくちゃね」

『ふむ。我も手伝ってやろう』

珍しくブランも乗り気である。

「よし、じゃあ、そこのパーティーは門から左側を――」

デュオンがそれぞれに分担場所を割り振っていき、アルは門から出て僅かに右に直進した先を頼まれた。レイが門から真っ直ぐ森の半ば辺りを担当するので、レイが相手しきれなかった分をアルが担当する形になるだろう。
A、Bランクの前線ラインと町の防壁の間の森は基本的にC、Dランクが担当する。このランクの冒険者は多いから人海戦術で魔物を討伐するようだ。防壁の上からは遠距離攻撃術を持つ魔法使いや弓士などが攻撃する。
Eランク以下は防壁内での住民の避難誘導や負傷者の応急手当などを行う。防壁より外に出ると討伐の邪魔になりかねないし、それで負傷した場合は用意している薬や聖魔法使いの魔力が足りなくなり、他の怪我人の治療ができなくなる可能性がある。だから無理をしないのも仕事なのだ。

「分担場所は分かったな？　周囲の者と確認しつつ、できるだけ高位魔物を通さないようにしてくれ」

「おうっ！」

「では、準備ができたら薬を受け取って指定位置に向かってくれ」

ギルドの職員が用意してくれていた傷薬と体力回復薬、魔力回復薬を受け取る。アルでも作れて、アイテムバッグにも入っているが一応受け取っておいた。損になるものでもない。薬類はそれなりに効果が高そうな品質のものだった。

「よし、行くぞ、アル」

「はーい」

レイに声をかけられて森に向かう。どうせ近い位置なので、道中を共にした方が体力を温存できるだろう。所定位置までにも魔物はいるわけだし。襲ってくる角兎《ホーンラビット》や森蛇《フォレストスネーク》などをさっさと切り捨てながら、より森の奥の方へと進む。

「お前、全然緊張してねぇな」

「そうですね。まあ、いざとなったら、一人で逃げるという手もなきにしもあらず」

「……正直だな」

レイはアルのあっけらかんとした言葉に苦笑して頷いた。しかし、その言葉自体には同意を示す。

「最終的には自分の命が大切なのは皆同じさ。一人が命を擲《なげう》って無理をする必要はねぇ」

「まあ、魔物暴走を一人で止めようなんて、無理でしかないですし。それができたら正真正銘の勇者ですね」

「勇む者、か……。確かに興奮して我を忘れない限り無理だよなぁ」

「そうですね」

『お前たち、息を吸うように雑魚どもを倒しているな』

ブランがぽつりと呟く。会話しながらサクサク魔物を倒し、先へと進む二人に呆れつつ感心しているようだ。

「ブランもする？」

『せんぞ。こんな雑魚相手にしても面白くない』

「そう。……あ、そろそろ所定位置じゃないですか？」

町から離れた距離を考えるとこの辺だろうとレイに問うと、レイは軽く頷いて手を振った。

「ん、そうだな。じゃあ、お前はもうちょい右の方頼むぞ」

「はい。じゃあ、また後で」

レイと別れ、他の冒険者たちとの距離感を気配察知で感じつつ、ちょうど良い位置を探って木の上で待機した。

『どんな魔物が来るか楽しみだな。旨いもんだといい』

「アイテムバッグの容量を考えると、倒した魔物を丸ごと全部確保するのは無理だからね？」

『それくらい言われんでも分かっている』

「ならいいんだけど」

まだ魔物の気配がないので、ブランとのんびり喋る。森の中の人の気配を探ると、A、Bランクの冒険者は皆定位置についたようだ。C、Dランクも適度に散らばり効率良く魔物を討伐できる陣形ができていた。

魔物暴走は長い時で数日続くこともあるという。アルたちに任せられたのは、Bランク以上の魔物を仕留めることだから、体力配分を考えてしないといけない。

「ん、そろそろ頃合いかな？」

『来たな』

地響きのような音とともにアルがいる木が僅かに揺れる。ブランがアルの肩から下り、ググッと一メートルほどの体長になった。ブランの変化は三形態で、肩のりサイズと本来の三メートルほどの体躯、そして今回の一メートルほどの体躯だ。森の中で木が多いところでは巨体はむしろ邪魔なので、あまり本来の姿になることはない。

「おぉ！　見て、鬼馬《デーモンホース》だよ。Bランクだね」

『旨そうだな』

ジュルっと涎を啜《すす》る音が聞こえた。

「……ブラン、まだ生きている魔物を見て涎を垂らすのはさすがにやめようね」

『……うるさい』

自分でもちょっと駄目だと思ったのか、ブランが視線を逸らした。自覚があるようでなによ
り。その間も魔物の集団は種類も強さも様々にこちらへ押し寄せてきていた。

「結構集団で色々来るものだね」

『そうだな』

「とりあえず魔力波を放ってみるから、もし逃しちゃったら、ブランよろしくね」

『……まあ、いいだろう』

今回の魔物暴走では、攻撃によって森を破壊してしまってもいいと許可が出ていた。どうせこの辺の有用な薬草などは魔物に踏み荒らされるし、木々も同様だからだ。森への影響を考えなければ、アルも楽に対処できる。流石に火の魔法で延焼させてしまうと他の冒険者にまで影響が出るから駄目だけど。

「よし、いくよ」

剣に十分に魔力が吸われたのを確認して、魔物の集団に向けて剣を横薙《な》ぎする。

「おぉ！」

剣から放たれた魔力波は、木々を伐採しながら減速することなく魔物の集団まで到達し、魔物たちを切り裂いていった。

「……ちょっと、強すぎない？」

『お前が剣に魔力を与えすぎたのだろう』

ブランが呆れたようにアルをジト目で見てから、戦闘態勢を解いて、前足を揃えてお座りする。木の上で器用なことだ。

迫ってきていた魔物の集団は、一体残らず魔力波で斬られ、地に伏していた。ついでに非常に視界も良くなった。アルの前には半ばから切られた木の残骸が残るのみだ。

アルの魔力波より外れたところを通る魔物は凡そDランク以下のものばかりで、町側に控えている冒険者に任せても支障はないだろう。

「……視界が良くなったし、次から攻撃しやすいね！」

『森の破壊者め。それで良い風にまとめたつもりか』

何とか魔力波の制御をミスったことを誤魔化そうとしたが、ブランにバシリと尻尾で叩かれて樹から落ちそうになった。やろうと思ってしたことではないのに、ちょっとひどいと思う。

アルは魔力波によって倒れた魔物たちのもとへ行き、確保しておく魔物を選別し始めた。

「鬼馬《デーモンホース》は良質な魔石がとれるから確保して、後は、……お！　炎獄熊《フレイムベア》もいたんだ」

『熊肉は旨かったたな』

「そうだね」

とりあえずあまり強い魔物が来なくなったので、倒したものから良いものを選んでアイテムバッグに収納する。周囲からは戦いの音が聞こえていたが、アルのところは平和なものだ。まあ、レイのところも一度大きな音がした後は静かだけど。

「どれくらいで次が来るかな？」

『さてな？　魔物の速度の違いでいくつかの集団に分かれるとは思っていたが、思っていたより少ないな』

「そうだよね」

ブランと話しながら森の奥の方に視線を向ける。木々で見えないが、そちらから魔物が迫ってきているはずなのだ。

「あ、なんか気配が近づいてくるね」

『うむ。これはでかいな』

これまでとは一段違う大きさの魔力を持った魔物が一体で駆けているようだ。

「何かな～」

『……我が言うのもなんだが、呑気だな』

「ホントにブランには言われたくない」

『ふん』

先ほど魔力波を放った木のところまで下がり、視界を確保して剣を構える。呑気にしていても、戦闘においては万全の態勢を作るのは当然のことだ。

「来た！」

『ん』

木々の合間からその姿が見えた。

『シャアァァッ』

「大きい蛇だね！」

『これはなんだ？』

黒と緑の柄の蛇がアルたちを見て威嚇する。その声そのものに魔力が込められていて、弱い者なら気絶していてもおかしくない。

「大腐蛇《ジャイロットスネーク》だって。Aランク！」

『ほう。強いのか』

鑑定眼で見た結果に驚いて、蛇を凝視する。Aランクの魔物に出会ったのは初めてだ。

「あ、こいつの胃袋、アイテムバッグ作るのに使えるって！　絶対確保するよ！」

『アイテムバッグが増えれば、肉をもっと確保できるな』

「そうだね。こいつ、口から酸を吐いて腐らせるみたいだから、気をつけて！」

大腐蛇《ジャイロットスネーク》の周りの草木は既に枯れてきている。胃袋を無傷で確保するためには、しっかり攻撃する位置を見定めないといけない。

「ジャアァッ！」

「うわっと……、えげつない……」

『……お前以上の森の破壊者がいたな』

大腐蛇《ジャイロットスネーク》が顔を空に向けた後に振り下ろす仕草を見て、さっとその延長線上から逃げた。大腐蛇《ジャイロットスネーク》の口から何かが大量に吐き出される。吐き出されたものが触れた地面の一部が腐った沼のようになった。酸性の液体だったようだ。

「これは、討伐に時間をかけたら駄目なやつ。どんどん酸で腐っていって、足場もなくなりそうだな」

『うむ。我もあれには触れたくないぞ』

嫌そうに顔を顰めるブランを横目で見た。ブランにとっても、大腐蛇《ジャイロットスネーク》の酸は厄介なもののようだ。アルは試しに魔力波を放ってみた。しかし、大腐蛇《ジャイロットスネーク》はそれを視認して最小限の動きで避ける。流石にAランクだと、攻撃を見極める知能を持っているようだ。

「直接攻撃するしかないかな」

『我が補助してやろう』

ブランが言った途端、大腐蛇《ジャイロットスネーク》目掛けてボワッと火を放った。それは大腐蛇《ジャイロットスネーク》の顔を直撃し、一瞬その視界を塞ぐ。生ものが焼ける嫌な匂いがした。大腐蛇《ジャイロットスネーク》は火への抵抗性があまりないようだ。

「ギャアシャアアアッ！」

「っ、いける！」

アルは風の魔力を集めて地を蹴り、痛みに体をのたうち回らせる大腐蛇《ジャイロットスネーク》の顔下辺りを目掛けて跳び上がった。タイミングを見て、魔力を込めた剣を振る。

「ギィイイィッ！　……シャア……ッ」

僅かな抵抗をはね除け剣を振り切ると、叫びを上げた顔のまま、大腐蛇《ジャイロットスネーク》の頭が飛んだ。ズドンッと重い地響きと共に、大腐蛇《ジャイロットスネーク》の巨体が地に倒れる。暫く地響きを立てながら動いていたが、次第にその動きは小さくなっていった。

「頭飛んだらもう生きてないよね？」

『流石にそこまでの再生能力はないだろう。それをやったら、再生というより蘇生《そせい》だしな』

大腐蛇《ジャイロットスネーク》の動きがなくなるまで暫く様子を見た後、収納するために近づいた。大腐蛇《ジャイロットスネーク》から流れ出す体液に、木の棒と金属片を浸してみる。それらは体液で汚れるだけで、腐食される様子はないようだ。

大腐蛇《ジャイロットスネーク》の死骸にアイテムバッグを触れさせると、シュンッと巨体が収納される。しかし、大腐蛇《ジャイロットスネーク》はあまりに大きいので、流石にアイテムバッグもいっぱいになってきた。

『次が来るぞ』

「うわぁ、休ませないつもりかな？」

すぐに魔物が迫ってくる気配を感じてちょっとゲンナリした。休みたい。

『む？　僅かに逸れて来るものもいるようだ。向こうの冒険者に任せるか？』

アルが担当する範囲の右、他の冒険者との間を縫うように抜けようとしている魔物もいるようだ。

「いや、向こうの冒険者は手一杯みたい。僕らで倒そう」

魔物の襲来が激化しているのか、絶え間なく魔法を放つ音など戦闘音が聞こえる。面倒だけれどアルたちで対処するのが安全だろう。

「はあ、いつ終わるかなぁ。魔物素材はたくさん手に入りそうだけど……」

『ふん、弱音をはくな』

「厳しいなぁ」

まだやる気十分なブランを、アルは少し羨まし気に見つめた。アルだって鍛えているので冒険者の中においても体力がある方だと自負しているが、流石に魔物であるブランには敵わない。少しは人間のペースに合わせてほしいなと思いながら、次の魔物討伐に備えた。


迫り来る魔物を森の中を走りながら倒し続け数時間、次第に魔物の数が減ってきた。それと同時にアルに近づいてくる人の気配がある。

「誰?」

「ギルド員です！　アルさんですね？　今回の魔物暴走の高位魔物は既にあらかた討伐されたようです。高位ランクの冒険者の皆さんには休息をとってもらいます」

「ああ、そうなのですね。ここを離れても？」

「はい。町の中へどうぞ」

誰かが森を偵察しに行ったらしい。既に森の奥から高位ランクの魔物が出てくる気配がないことが分かり、魔物暴走鎮圧は終盤戦になったと判断されたようだ。高位ランクがいないなら、A・Bランクの冒険者が無理をする必要はない。後は、休息を取りつつ魔物を討伐していたC以下のランクの冒険者の仕事だ。一応、A・Bランクの冒険者にも町で待機してもらうようだが、多分もう出番はないだろう。

やけに開けた広場のようになっている森を、驚愕の顔で見ているギルド員を笑顔で促して、アルたちは町に帰ることにした。どうせ休息をとるなら、自分たちの拠点に戻りたいなと思うが、流石にこの状況で勝手には動けないと自重する。

町に入った途端レイに背中を叩かれた。お互い怪我もないようで良かった。

「よお！　無事だったな」

「ええ、まあ。疲れましたけど」

「お前のほうから頻繁に凄い音がしていたぞ？　最初の頃なんか、大量に何か倒れる音がしていたしな」

「ああ。レイさんが言っていたでしょう、魔力波を放つこと。僕もしてみたら、この剣が思っていた以上に魔力を吸って放てるものだから、ちょっと大規模に魔物を斬っちゃいまして」

「……そりゃ、森の木も倒れて凄い音になるよな」

アルが言ったことがどんな状況か瞬時に察したレイが呆れた顔をする。アルは空笑いで誤魔化した。

「レイさんはどうだったんです？」

「俺のほうもAランクなんかが出てきたが、お前の担当場所はきっちり倒してくれていたからな。周りをフォローせずにすんで、いつもの魔物暴走より楽だったくらいだな」

「え？　いつもは周りをフォローして回るんですか？」

「まあ、周りの実力が足りないときはな」

「……なんというか、レイさんって色々背負いすぎでは？」

討伐前に話していたことではないが、レイは勇者にでもなりたいのだろうか。一人で魔物に対峙しながら、他の冒険者の危機まで救おうなんて、いくらなんでも頑張りすぎである。

「……しかたねぇだろ。この国は魔の森に面していて、どうしても強い冒険者がたくさん必要なんだ。成長途中の奴がこんなところで死んじまったら勿体ねえ」

「なんか、冒険者というより為政者《いせいしゃ》的な考え方ですね」

冒険者は基本的に目の前のことしか見ていない者が多い。しかし、レイはこの国の現状を考えて国の利益を優先して自分を軽く扱っているように見える。そうした国の利益を重要視するのは、政治に関わる役人に多い考え方だった。ただし権力争いに明け暮れる腐敗した政治家は除く。

「……そんなもんじゃねぇよ」

微妙な顔をするレイを見て首を傾げた。何か不味いことを言っただろうか。

「それより、疲れただろ？　宿はとっているか？」

「まだですね」

「……流石に今は宿空いてないぞ？　何で延泊してないんだよ」

「そもそも宿には一日しか泊まってないんです。森で寝起きしていましたから」

「……やっぱお前変だわ。ありえねぇ」

レイが信じられないものを見る目でアルを見つめるので首を傾げる。確かに魔の森では魔物が厄介だが、その対処さえできれば問題ない。

「普通の人間は、四六時中魔物を警戒していられねぇの！」

「あ、そっか。僕は結界の魔道具で防いでいるので」

「はあ？　結界？　魔の森でそんなのが通用するのか？」

「ちゃんと魔の森用に作りましたよ」

「……自分で作っているのかよ」

「はい」

驚いた顔のレイがアルを凝視する。

「……それだけ戦闘技術があって、魔道具作りまでとか、お前凄すぎじゃねぇ？」

「勇者みたいなことをしようとしているレイさんと比べたら普通です。僕はただ自分がやりたいようにやっているだけなので」

にっこり笑って言うと、レイが複雑な表情でため息をついた。

「……俺は勇者になんてなるつもりないんだがなぁ。俺も自由に生きてぇよ」

十三．面倒な話

魔物暴走の騒動の翌日、アルは冒険者ギルド二階の会議室にいた。前線で戦った冒険者たちが集められたのだ。ブランはアルが座った椅子の前にある机の上で暇そうにうたた寝をしている。アルも暇なので、丸まったその体をワシャワシャと撫で回したら、とても迷惑そうな顔で睨まれ手を甘噛みされた。

昨日はレイに自分の宿を一緒に使うかと提案されたが、気を遣うのも面倒だったので魔の森の拠点に転移で帰った。一応、レイに緊急の際の連絡手段として、転移箱を渡しておいたので問題はなかったはずだ。

転移箱は対になった箱同士、中に入れた物を送り合える魔道具だ。アルが転移の魔法陣を考えた時に、最初に試して成功したもので、使う魔力の量の関係であまり大きなものは無理だが、紙くらいなら箱に入れて蓋を閉めた一瞬で届く。物が送られてきたら音を鳴らして知らせてくれるので気づかないという心配もない。

レイはその説明を聞いてまじまじと転移箱を見つめていた。くれぐれも、対になった箱同士でなければ送れないと説明を入れたのだが、ちゃんと耳に入っていただろうか。今回の会議室集合の連絡がちゃんと来たから大丈夫だと思うが。

「みんな揃ったな。昨日はご苦労だった。お陰で町に被害が出ることはなく、他の冒険者たちの消耗も最小限にできた。感謝する」

デュオンが頭を下げる。

「今日の午前に森に散らばっていた魔物を回収して、大まかに査定を出した。アイテムバッグに魔物を仕舞っている場合はこれから申告してくれ。それぞれの担当場所ごとの魔物の種類と数を鑑みて、報酬の加算額を計算する。高位の魔物をたくさん倒している者ほど報酬額が大きくなるはずだ。報酬は自動的にギルドの口座に入金するから後日確認してくれ」

各自頷いたのを確認してデュオンが話を続ける。

「今回の魔物暴走は鎮圧されたと考えているが、暫くは森の浅いところを高位の魔物がうろつく可能性がある。君たちにはできる限りそれを討伐してもらいたい。もちろん義務ではないが、きちんと報酬は支払うと約束しよう」

これは魔物暴走後には当たり前の依頼のようで、皆軽く頷いただけだった。

「今回は本当に助かった。ありがとう」

デュオンの再びの感謝で話は終わった。……正直、これを伝えるだけのために呼び出されたのかと思うと、少し不満に思う。ギルド側から感謝の言葉を直接伝えることで、今後も魔物暴走が起きた際に、冒険者たちに協力してもらいやすくしているのかもしれないが。

なんとなく無駄足を踏んだような釈然としない気分で、とりあえずアイテムバッグに入れた魔物の申告に行った。隠してもバレないし問題はないだろうが、ついでに解体依頼をするつもりだ。大腐蛇《ジャイロットスネーク》とか自分で解体したくないし。

「おお、大腐蛇《ジャイロットスネーク》ですか。こいつも魔物暴走に混じっていたとは……町に影響が出なかったのは奇跡かもしれません。もちろん、あなた方の力あって、町の防衛が達成されたわけですが。レイさんが推薦しただけあって、素晴らしい実力ですね」

「ありがとうございます」

会議室に控えていた担当のギルド員に申告するとニコニコしながら書類に書き込んでいた。

「アイテムバッグに入れている分の買い取りはどうしますか?」

「大腐蛇《ジャイロットスネーク》の胃袋とか他の魔物の魔石とかは手もとに置きたいのですが」

「そうですか。では一度ギルドの方で解体して、素材をリストアップしますね。森に残されていた分は全て買い取りで宜《よろ》しいですか」

「はい。それはそのように」

「では、一階の解体依頼カウンターで魔物を係員に渡してください」

なにやら書き付けた紙を渡される。解体後に素材をリストアップし、冒険者が一部引き取る旨が書かれていた。

「分かりました。ありがとうございます」

言われた通り一階に行ってカウンターで魔物を出した。紙も渡すと頷いて二日後までのリストアップを約束してくれる。それ以後、三日以内に引き取りに来ればいいようだ。ついでにブランが狩っていた黒魔馬《ネグロマギホース》とアルが狩った黒魔虎《ネグロマギタイガー》も出しておいた。魔物暴走の最中に倒したものではないが、バレることはないだろうし、バレたところで問題があるわけではない。

用件が一段落したのでギルドを出たところでブランと相談する。

「あー、お昼何食べる？」

『む？　町中で食うのか？』

「これから拠点に帰ってご飯作ったら確実に昼過ぎるよ？」

『……飯屋を探そう』

アルたちはまだこの町をあまり散策できていない。行ったのは宿屋と武器屋、屋台くらいだ。町でご飯を食べることに決まったので、とりあえずぶらりと歩いてみることにした。

「お、待て、アル！」

「え？　……レイさん、こんにちは」

ギルドから出てきたレイに声をかけられて立ち止まる。さっきの会議室でも見かけていたが、知り合いらしき冒険者たちと話していたので挨拶は控えていたのだ。

昼ご飯が遠退《とおの》く気配に、ブランが少し苛立った。その頭をポンポン撫でて宥めると、プイッとそっぽを向いて拗ねる。

「おう。昨日預かったこれ、便利だな」

「ああ、転移箱ですね。大きいものや重いものは無理ですが、連絡には便利ですよね」

「それで、ちょっと話があるんだが、今からいいか？」

「今から？」

ブランが尻尾でアルの背を叩いて何やら主張している。飯優先と言いたいのだろう。

「ああ、俺のおすすめの店で飯食いがてら、どうだ？」

レイのおすすめの店と聞いた時点でブランの尻尾が止まった。レイが勧めた森蛇《フォレストスネーク》のタレ串焼きが美味しかったので、おすすめという言葉に期待が高まったようだ。

『レイのおすすめ……。行こう！』

「……まあ、ブランがそれでいいならいいけど。じゃあ、行きます」

「おう」

『一体何を食わせてくれるのだ？』

「なにを食べられるんだろうね？」

「ん？　狐君は飯に興味津々か？　ちゃんと従魔も食事できるところだから安心しろよ」

ニカッと笑ったレイについていくと、木造のこじんまりとした建物についた。

「宿屋？」

「俺が泊まっている宿屋だ。宿泊者以外も飯食えるんだよ」

「ああ、なんかそんなこと言っていましたね」

「食堂は混んでいるみたいだから、俺の部屋で食おう」

「そうですね、分かりました」

「アルと狐君は食えないもんとかあるか？」

「多分ないと思います」

　レイがカウンターで料理を注文し、部屋に持ってきてもらうよう頼んでいる間、期待で尻尾を振りまくっているブランを腕に抱いて宥めた。

「ブラン、ちょっと尻尾が煩いよ」

『……むう』

「毛が舞うでしょ」

『……我の毛、そんなに抜けないぞ』

「嘘だぁ、この間ブラシかけたときすごく抜けたよ？」

『あれは、ちょうど換毛期だったのだ』

「そうだったかなぁ」

「おい、行くぞ？」

　いつの間にかレイが苦笑してアルたちを見ていた。既に料理の注文は終わっていたらしい。

「あ、はい」

『飯だ、飯～』

「だから、毛が舞うってば」

『むう。……尻尾が勝手に動くのだ』

ブランと話しながら階段を上り、一番奥にあったレイの部屋に入る。テーブルセットが置かれたシンプルだが手入れの行き届いた部屋だった。

「ここ、宿の一等室でな、寝室と居間が分かれているんだ。人を招くのに便利で、この宿離れられないんだよなぁ」

「さすがAランクですね」

一泊の値段はそれなりにするだろうなと思いながら、勧められた椅子に座る。ブランはレイの許可をもらってテーブルの上におろした。

「悪いな、従魔用の椅子はないんだ」

「いえ、レイさんが気にしないなら、この方がブランも楽ですし」

テーブルにちょこんと座るブランを見て、レイが顔を緩める。

「従魔って可愛いよなぁ。俺もなんか手に入れるかな」

「ああ、まあ、そう、ですね？」

確かに見た目は可愛いが、ブランは飯の催促のしすぎで時々煩わしい。全面的にレイに同意はできないなと思って苦笑する。

ノックの後に料理を持った従業員が来た。ブランを見て微笑み、大量の料理をテーブルに並べる。あれほど注意したのにブランは尻尾を振って目をキラキラさせていた。

「じゃあ、まずは食うか」

「はい、頂きます」

『肉だ、肉寄越せ！』

前足でテーブルを叩いて催促するブランに、ため息をつきながら取り皿に大量の肉をのせてやった。

レイが選んだメニューは野菜炒めや森猪《フォレストボア》の角煮、角兎《ホーンラビット》のホワイトシチューなど、肉が多めだったがとても美味しいものだった。特に角煮はショウユを使っているものらしく、アルも真似して作ってみようと思いながら食べた。ブランもこのメニューを気に入った様子で一心不乱にバクバク食べていた。

「それで、話って何ですか？」

「ああ……それなんだがなぁ」

お腹が満たされてきた頃に漸《ようや》く問うと、レイは微妙な反応をする。レイの方から話があると言ってきたのに、あまり乗り気じゃなさそうだ。

食後のお茶を飲みつつ首を傾げてレイを見ていると、僅かに視線を逸らしつつ、重い口を開いた。

「実はな、ノース国からアルに勧誘の話がある」

「勧誘？」

思いがけない言葉にきょとんと瞬きすると、レイがガシガシと頭を掻《か》きつつため息をついた。

「アルも知っているだろうが、ノース国は魔の森の脅威に常に曝《さら》されている。だから、いつだって優秀な冒険者を必要としているわけだ」

「それは分かりますが、国からの勧誘とはどういう意味ですか？」

「ノース国は優秀な冒険者を雇って、各町に偏り無く高位の冒険者が常駐するよう調整しているんだ」

「つまり、勧誘とは、国の指示に従って居住地を定めて、魔の森から町を守って欲しいということですか」

「そうだな。後、優秀な冒険者が他国に移らないよう囲うという意味もある。当然、普段の冒険者としての収入に加算して毎月国からの報酬が支払われる。この国のBランク以上の冒険者の大半が国に雇われているんだ。冒険者が望むなら、町の騎士団への雇い入れも可能だが、それを望む者はあまりいないのが現状だな」

「へぇ」

冒険者は基本的に自由を好む。国から居住地を決められるのは許容できても、騎士になるというのは難しいだろう。

「まあ、お前は旅をしていて、ここに長期滞在するつもりはないだろ？　だから、無理だとは伝えてあるんだが、打診だけでもと言い募られてなぁ」

「……まあ、旅の途中なのは確かですが、それをレイさんに言いましたっけ？」

「……聞いた、ぞ？　え、聞いたよな？」

「言った記憶は無いですね」

「……」

「……」

思わず無言で顔を見合わせた。まあ、ノルドから来たことは話してあるし、予想はできるだろうが、確定はしていなかったはずだ。

「あぁ、そうだよな……、俺だけ色々知っているっていうのも、卑怯だよなぁ」

「どういう意味です？」

苦々しくぼやくレイに首を傾げる。

「……悪い。正直に話すわ。俺、お前がグリンデル国の公爵子息だったって知っているんだよな」

「……」

思いがけない言葉に一気に警戒心が高まった。その強ばった表情を見てレイが申し訳なさそうに眉を下げる。

「知ったのは、お前と会って武器屋に連れていって別れた後な。声をかけたのは本当に偶然だ。

これは信じて欲しい」

「……それで、なぜ僕のことを？」

「あー、俺、実はこの国の王の息子なんだけどよ」

「は？」

『……王子、か？　……見えんな』

あまりに意外な言葉に、レイの言葉を遮って驚きの声を上げてしまった。静かに事態を見守っていたブランも、目を丸くしてまじまじとレイを見つめている。

「見えねぇだろ？　それはいいんだよ。どうせ庶子でほとんど王族として暮らしてねぇし。王位継承権もほとんど関係なくて、冒険者として暮らすと決めたときに、平民の身分を作る代わりに国から条件をつけられたんだ。国の暗部の一部として働けってな」

「暗部……」

「暗部って言っても、暗殺とかの物騒なもんじゃねぇぞ？　民にまじって下から情報を集める諜報《ちょうほう》的な役目な」

「へぇ」

これまた、諜報という仕事とレイのイメージはかけはなれている。しかし、それくらいイメージが違う方が怪しまれなくていいのかもしれない。

「その関係で、多少他の暗部からの情報も入ってくんだよな。そこで聞いた情報の一つがお前」

「僕？」

「そう。グリンデル国からの入国者でアルフォンスという者がいなかったかという問い合わせが、グリンデル国王女からノース国にあったんだ」

グリンデル国王女。アルの婚約者だった女性である。国境の関所でも騎士団を動かして何やらしようとしていたが、ノース国にまでアルの行方を問い合わせていたとは思わなかった。

「黒髪紫目で中性的な容姿。姿絵まで添えられていてな。その情報を知っていた暗部の奴が偶然、俺がお前を案内している姿を目撃してな。慌てて俺に教えてくれたんだ」

「……なるほど」

「だから、知っていた。悪いな、黙っていて」

「まあ、そんなことを話す時間もありませんでしたしね」

まだ出会ってから日が経っていない。暗部から得た情報をアルに話す義務もレイにはないのだから、知っていて黙っていたとしても咎《とが》めることはできない。

「お前がグリンデル国から逃げるように出てきて、この国に入国したなら、一所に滞在し続けねぇだろうなとは勝手に思っていたんだよ。この国はグリンデル国と仲が良いわけじゃないが、それなりに交易なんかもあって、グリンデル国の人間がこの国を彷徨いていても不思議じゃないし、逃げているなら留まるなんて危険冒さないだろ？」

『お前逃げていたのか？』

「……いや、あまり逃げるっていう意識はなくて、ただ面倒だからグリンデル国にはもう関わりたくないと思っているだけなんだけど」

『だよな』

「え？　そうだったのか？　てっきり、王女から逃げているもんだと思っていたんだがな」

レイが驚いて目を見開く。まじまじと見つめられるので困ってしまい苦笑した。

「まあ、似たようなものかもしれないですけど。そもそも、何故王女が僕のことを追っているのかも分からないんですよね」

「……ああ、そうか。知らねぇんなら、逃げる意識はないかもな。それで逃げられているんだから、知る必要もないことなのかもしれねぇが」

単純な疑問を口にすると、レイが思いっきり顔を顰めた。どうやら理由を知っているらしい。

「王女が僕を追っている理由を知っているんですか？」

「まあ、な。そもそもその理由を知ったから、うちの国はお前の情報を摑んでも、向こうに伝えなかったんだが」

「あ、伝えないでくれているんですね。ありがとうございます」

「うちはグリンデル国の属国じゃねぇんだ。明確な納得できる理由がなきゃ、情報の受け渡しはしねぇよ。お前は正式な冒険者ギルドの身分証で【アル】として入国しているわけで、密入国じゃねぇし。正規の出国手順は踏んでなくても、それはうちには関係ねぇ」

レイが当然のように言って笑う。だが、ノース国が情報を渡さなかったというのはアルにとって十分朗報である。何故か追ってきている王女を躱すのも面倒なので。

「お前、冒険者としても優秀だったからさ。まあ、俺がそう報告しちまったからだけど、ノース国もお前が欲しくて堪《たま》らないみたいでなぁ。俺国王から勅書まで貰っちまったのよ。勧誘しろ、て。伝書魔鳥フル稼働だよ。一日に何往復もさせられて可哀想に」

「……それは、お疲れ様です？」

伝書魔鳥とは、魔鳥という調教した鳥の魔物に手紙をくくりつけて送るという、現状で最も速い連絡手段だ。アルが作った転移箱は例外として。カントの町と王都はそれほど離れていないようだが、何往復もさせられた伝書魔鳥は少し可哀想だ。

「それで、王女が僕を追っている理由って何なのですか？」

「あぁ、それなぁ……。お前、魔砲弾兵器って知っているか？」

「魔砲弾兵器？　初めて聞きましたが、何か穏やかな響きじゃないですね」

兵器という言葉に良いイメージは持てない。思わず顔を顰めた。レイも同様かそれ以上に苦々しい表情をしている。

「マギ国が作った魔道具の一種だよ。魔力を大きな塊にして撃ち出すらしい。着弾した瞬間に爆《は》ぜて、広範囲を更地に変えるとか聞いた」

「……随分物騒なものなのですね」

「ああ。その更地に変えられた土地は、空気中の魔力が消失するらしい。実験が行われた土地は、どれだけ経っても草木が生えず、生き物も近寄らない。奴隷をそこに向かわせたら一瞬で息絶えたらしいから、永続的に何かしらの害が生じているんだろう」

「……マギ国は恐ろしいものを作りましたね。それは人が手を出していい領域のものではないでしょう」

「俺もそう思う。それに、更に非道な事実もある」

レイの重々しい口調に、アルの中で嫌な予感が募る。

「それほどの魔道具を動かすのにどれほどの魔力がいると思う？」

「……少なくとも、ドラゴンの魔石くらいは必要では？」

「そうだな。だが、ドラゴンは容易に狩れるものではない」

「そうですね。後は、魔石をたくさん集めてまとめて燃料にしたとか？」

「それだと途方もない数が必要だぞ？」

「ですよね」

レイがため息をつく。アルは何を使ったのか全く分からなくてその答えを待った。

「マギ国が燃料にしたのはもっと簡単に集められて、力で押さえつけやすいものだ。……人間だよ。マギ国はたくさんの人間の生命力や魔力を集めて使うと、ドラゴンの魔石にも匹敵する燃料になることを発見して、それを技術として確立させたんだ」

「なっ!?」

『なんと……愚かな……』

アルはあまりの非道さに絶句し、ブランも苦々しげに呻いた。

「グリンデル国はマギ国から、人を燃料にするというその技術を手に入れていたみたいだ。帝国と戦争になる前は、あの二国は仲が良かったからな」

「……グリンデル国はその技術を使って何をしようとしているのですかね」

「さてな。マギ国から魔砲弾兵器も仕入れているのかもしれんし、全く別の魔道具に使おうとしているのかもしれん。そこまではまだ摑んでない」

グリンデル国はマギ国と違って魔道具の製作技術はレベルが低い。マギ国から何かしらの魔道具を仕入れていたと考えるのが妥当だろう。

「……それで、僕なのか」

「そうだな。人を燃料にするにしても、その人が持つ魔力は多ければ多いほど効率が良い。大きな魔力を持つお前は燃料に最適だとグリンデル国は考えたんだろう。だから、お前を捕まえようとしている」

「……うわぁ、僕グリンデル国のこと嫌いだったんですけど、更に駄目になりました。もう嫌悪しかないです」

「気持ちは分かる」

レイが苦笑してアルに同意した。

「王女がお前と婚約破棄したのも、王女の婚約者で公爵子息である者を燃料にするのは難しいからだろうな。都合良くお前が放逐されれば、そのまま捕まえて燃料にして死んだところで誰も気づかない。グリンデルの王族は、まだその技術をほとんどの貴族たちにも公表してないし、秘密裏にしたいんだろう」

「……さっさと出てきた僕の判断正しかったんですねぇ」

『それで執念深く追っていたわけか』

「そうだな。今は色んなところから奴隷を集めて賄おうとしているようだが、それでもお前を追うってことは全然足りてないんだろう。うちの国から連れてかれている奴隷もいるみてぇだがな」

「……そういえば、僕もノース国から違法に連れてこられた奴隷を見ましたね。あれはもしかして」

「燃料用かもしれんな。なかなか違法の奴隷商を捕まえるのは上手くいかないんだ」

思いもよらない事実にぐったりしていたら、ふと気になったことがあった。

「あれ？　マギ国は戦争でその魔砲弾兵器を使わなかったのですか」

「使ってねぇな。帝国は開戦後真っ先に実験で使われたその兵器を破壊して、人を燃料にする装置も壊したらしい。まあ、知識自体は国が持っているから新たに作ろうと思えばできるんだろうが、今は戦争で余裕もないしな」

「……帝国は事前に情報を得ていたということですか」

「そう考えるのが妥当だな。魔砲弾兵器はかなり大きくて、実験場所近くに置かれたままだったらしい。それが開戦の合図と同時に消し飛ばされた」

「じゃあ、開戦より先に帝国はマギ国に侵入していたのですね」

「そうだな。まあ、その実験場所自体、かなり帝国に近い場所で行われて、更地になったところには帝国の領土も少し含まれていたわけだが」

「え？　それは帝国が攻め込むのも当然じゃないですか」

「ああ、そうだな。まあ、帝国が何を考えてマギ国に攻め込んだかは正確なところは分からないが」


レイと顔を見合わせて同時にため息をついた。兵器とか世界情勢とか、本当に面倒臭い。


「……何の話をしたかったのでしたっけ」

「……うちの国の勧誘の話だな」

「……めっちゃ、話ずれましたね」

「ああ……。俺も色んな事情を隠しているのが嫌でなぁ。隠し事って嫌いなんだよ。それに、ほら、お前に関する情報をちゃんと教えてないと、お前も勧誘について判断しにくいだろ？」

「まあ、そうなんですけど。今さらですが、こんなに僕に話して良かったのですか」

ノース国が集めた情報を、国に関係ないアルに話すのはちゃんと許可を得てのものなのか不思議だ。

レイは軽く視線を逸らした。その反応は、絶対了解を得てないやつだ。察した。

「……まあ、誰かに吹聴するような話ではないですし、僕もあまりややこしいことに関わりたくないので誰にも話しませんけど」

「そうしてくれ」

「レイさんの予想通り、勧誘はお断りさせてください」

「一応言うと、ノース国に保護を望めるかもしれないぞ？」

「僕、国っていうのをそこまで信用してないんですよね」

「……まあ、分かるけどな。所詮人の集合体だし、どういう方向に舵《かじ》を切るかも分からねぇしな」

保護を求めても、国が永続的に味方である保証なんてないのだ。ならば身一つである方が、いざというときになんとでもなる。

『面倒な話は終わったのか？』

「……ブラン、何を食べているの」

『これか？　干し果物が入ったケーキだな』

「……僕らの分まで食べているんじゃないよ」

『早い者勝ちだ』

「ん？　狐君甘いもの好きなのか。追加で持ってきてやろうか？」

『お？　もってこい！』

いつの間にか三人分のケーキを食べていたブランに脱力する。ブランはアルの様子なんて気にとめずレイの言葉に尻尾を振って答えていた。それでブランが言いたいことを理解したレイが笑って立ち上がり、注文に行ってくれる。

「ブラン、ちゃんと話聞いていた？」

『聞いていたぞ。愚かな話だな。だが、アルはグリンデル国に捕まるつもりはないし、戦争に関わるつもりもないのだろう？　もう関係のない者の思惑なんて考えたところで何になる』

「……そうだけどさ。あの王女が僕を追い続ける限り、どこかで関わるかもしれないから、覚えておくべきでしょう？」

『ふむ。まあ、頭の片隅に置いておくくらいでいいのではないか？　そんなつまらんことに時間を割くのは、ただでさえ短い生を無駄に費やすようなものだ。世の中には楽しいことがたくさんあるのだぞ？　それを楽しまんでどうするのだ』

ケーキの最後の一口を手で掲げてアルに見せ、ブランが尻尾をご機嫌に振りながらそれを味わって食べた。その幸せそうな様子を見ていると、面倒な事情を聞いて重くなっていた気持ちが少し浮上する。

「だからって、僕らの分までブランが食べるのは酷くない？」

『グチグチ言うな。レイが追加で持ってくると言っただろう』

「もう。レイさんの優しさに甘えないでよ」

レイは優しい。マギ国やグリンデル国の内情等《など》のノース国が探し得た情報は、本来アルに話す必要がなく、むしろ話してはいけない情報だったはずだ。それでもレイはアルに全て話した。知らないことがアルにとって危険に繋がるかもしれないから、と。知っていることを隠しているのが嫌だったというだけではないはずだ。

「よっと、……辛《かろ》うじて、三人分残っていたぞ」

帰ってきたレイが笑ってケーキの皿をアルとブラン、自分の前へと置く。

「ありがとうございます」

『おお。これはちょっとさっきのものと果物が違うな？　これも旨い』

「狐君が喜んでいるみたいで良かったよ。アルも食べろ。ここはデザートまで美味しいって評判なんだ」

出されてすぐかぶりつくブランにアルは呆れたが、レイは寛容に笑って自身のケーキにフォークをいれる。アルも一口食べてみたが、ブランが絶賛するのも分かる美味しさだった。しっとりとした果物が入ったパウンドケーキのようだ。

「美味しいですね。この芳醇《ほうじゅん》な甘さのある果物はなんでしょう？」

「この果物はモンモだな。魔の森で採れるから、探してみるといい。浅いところのものはすぐに他に採られてしまうが、ちょっと奥に入ればわりとあるはずだ」

「そうなんですね。探してみます」

しばしケーキを楽しみ、そろそろ帰ろうかなと思い始めたところで、レイがあっと声を漏らした。

「忘れていた」

「どうしました？」

「俺の用件、勧誘だけじゃなかったわ。あの、お前が作ったっていう転移箱、うちに売ってくれないか」

「ああ。それも報告していたんですか？」

何気なく聞いたらレイが気まずそうに視線を逸らした。

「悪いな。国内での目立った技術とかも報告対象なんだ」

「いえ、別にいいんですけどね。転移箱ね……。あれ、紙とか軽いものしか送れないんですけど、それでいいのですか？」

「おう。用途は伝書魔鳥でも時間がかかるところへの連絡手段だからな」

「それなら、また作れば渡せますよ」

「そうか。なら売ってくれ。相応の対価はちゃんと払う。国の金だから、多少ふっかけてもいいぞ」

ニヤリと笑うレイにアルは苦笑する。

「転移箱にどのくらいの値をつければいいのか分からないので、そちらで決めてください。流石に原価を割るくらいの値段は無理ですけど」

「分かった。国の専門の所に聞いておこう。……そういうお前の技術力も考えて、うちの国は何とかお前を手の内にいれようとしているんだよなぁ。まあ、お前がそういうのをちゃんと売ってくれると分かれば無理な手は使わないだろ」

「あまり無理やり何かしてこようとしたら、こっちもきっちり抵抗しますよ？」

「分かっている。俺の方でも抑えるから、何か国に売り込めそうなものとかあったらじゃん じゃん教えてくれ。この国が魔の森の脅威で困っているのは本当なんだ」

「分かりました。何か役立てそうなものを考えたら教えますよ」

「おう！」

溌剌《はつらつ》と笑うレイと契約成立の握手をして、この場はお開きになった。

レイの部屋を出ると、まだ昼過ぎの日差しだった。濃い話をしていたから長く感じていたが、今日は街を散策する時間もありそうだ。

「街を見てから拠点に帰ろう」

『そうだな。旨いものを探そう』

「今食べたばかりだよ？　僕は魔道具とか薬とかどういうのがあるか見たいな」

『……まあ、付き合ってやってもいいぞ』

あまり気が乗らなそうなブランの頭を撫でて道を歩く。町の中心街には様々な店が立ち並び、住人や冒険者たちがたくさん歩いている。魔物暴走が起こったばかりだからか、皆忙しそうにしていた。その邪魔にならないようにしつつ、興味を引かれた店を片っ端からのぞき込む。

「あ、ここ、魔の森産の果物とか扱っているみたい。へぇ、季節に関係なく色々採れるんだね」

『そうだな。あの森は漂う魔力が森をつくっているからな』

「そうだね。……この辺は今度森を探してみよう」

今並んでいるということは探せば見つかるだろう。しきりに肩を叩いて主張するブランを無視して次の店を覗いた。

『なぜ買わんのだ!?　果物はあって困るものじゃないぞ！』

「あ、ここは色んな調味料か。砂糖とか塩とか少なくなっていたんだよな。買っちゃおう」

値段もちょっとお安めだったので店員に言ってたくさん買わせてもらった。特に砂糖は必需品だ。ブランがしょっちゅう甘味を要求するからたまには応えなければ拗ねてしまう。

『砂糖を買ったのか。今日はどんな甘味をつくるのだ？』

「え、今日はたくさんケーキ食べたでしょ？　さすがに作らないよ」

『な・ぜ・だ!?』

スタッカートを利かせるという初めてのパターンの嘆き方に思わず笑ってしまう。思えば、初めて会った時よりも随分人間染みたことをするようになったものだ。感慨深いが甘やかすようなことはしない。

「今日は何を食べようかなぁ。ショウユ作って使ってみたいなぁ」

『……ショウユか。あれはいいな』

夕飯のメニューを考えながら再び歩き出すと、薬草や薬が並ぶ店があった。

「あら、いらっしゃい。何をお求めかしら。申し訳ないけど、傷薬や回復薬は今品切れよ」

「いえ、どういったものがあるのかという偵察です。お邪魔ですか？」

「見ての通り暇よ」

店に入り話すと店番をしていた女性が自嘲気味に笑った。

「材料がなくて薬も作れないのよね。今日冒険者たちが森に入って材料を採っているから、明日になれば忙しくなるでしょうけど」

「そうなんですね」

魔物暴走で傷薬などはほとんど売り切れ、材料も使い切ってしまったようだ。並ぶ他の薬の品質は良く、薬師として腕が立つことが分かる。

「あ、この薬」

唯一残っていた薬を見て目を瞠《みは》る。上級の傷薬だった。おそらく値段が高すぎて魔物暴走でも売り切れることがなかったのだろう。しかし、アルが気になったのはその材料だ。

「それ？　ティノシバを使った傷薬よ。効果が高いからその分値段も高いの。法外な値段をつけているわけじゃないわよ」

「ええ。分かっていますよ」

値段で文句を言う者も多いのだろう。女性が解説を入れてくれるのに軽く頷く。アルは薬や薬草に関する知識はひと通り持っている。だからこその疑問もあった。

「ティノシバはこの国で採れるのですか」

「いいえ。それに使ったのは帝国からの輸入品よ。あなたもしかして薬草に詳しいの？」

「詳しいというほどではありませんよ」

「そうなの？　ティノシバってあまりこの辺じゃ知られていないんだけど」

女性が不思議そうに首を傾げる。だが、むしろアルの方がこの薬を作った女性が不思議だった。

「あなたはよくご存じなのですね？」

「ええ。あ、私リエンよ。帝国出身なの」

「え、そうなのですか。僕は冒険者のアルです」

帝国出身の薬師ならばティノシバを知っていて当然だった。

「僕、グリンデルでこのティノシバを見たんですけど」

子爵領の森の中、倒木に絡まって生えているのを見たのだ。通常グリンデルでは見られず、帝国やマギ国の植物だと知っていたので不思議に思ったのを思い出した。

「グリンデルで？　それは不思議ね。まあ、魔鳥の糞《ふん》なんかで種が運ばれることもあるみたいだけど」

「あ、そういうこともあるんですね」

「ええ。種から育つのは速いけど、環境に合わないとすぐ枯れてしまうのよ。グリンデルではすぐ枯れるから、もしあなたが元気なティノシバを見たなら、種が芽吹いてすぐだったのかもしれないわね」

「なるほど……」

では、あのティノシバは帝国かマギ国から鳥が種を運んできたばかりだったのだろうか。あまり国を跨《また》いで長距離を飛ぶ鳥は多くない。不思議だ。伝書魔鳥ならば何も不思議はないが。

嫌な考えにつながりそうになったので思考を切り替えた。

「ティノシバの傷薬以外はこの辺で材料が採れるんですか？」

「そうね。魔の森は雪の季節になっても不思議と雪が積もらなくて、一年中薬草が採れるから、そこの薬草を使っているわ」

「へぇ、やっぱり魔の森って変なんだ」

改めて魔の森の不思議に首を傾げる。

『まだ話すのか。我は飽きたぞ』

「分かったよ。……じゃあ、お邪魔しました。色々教えて頂けて助かりました。何も買わないままですが」

「気にしないで。そもそもあまり商品も置いてないし。いい暇つぶしができたわ」

本当に邪魔しかしてない気がしたが、リエンは気にせず笑ってくれた。

「あ、そうだわ。あなたグリンデルから来たならまだこの辺の気候分かっていないのよね？　そろそろ早めの冬になるわよ。冒険するなら防寒対策はしっかりね」

「ありがとうございます。気を付けます」

礼を言って店を出て、改めて空気の冷たさに気づく。

「冬か……」

『いつまでこの町に留まるか決めねばならんな。まあ、魔の森で暮らすなら雪は気にせんで良いようだが』

「そうだね。それはいい情報だった。雪がこの国を覆う頃には魔の森を移動しようかな。魔の森をずっと行けば帝国に着くはずだし」

『うむ。間にマギ国もあるが』

「マギの町には立ち寄らないよ」

『それが良いだろうな』

マギ国の話は先ほどレイに聞いたばかりだ。戦争をしていて魔砲弾兵器を開発し人を魔道具の燃料にする技術を開発するような国だ。できるだけ関わらないようにすべきだろう。

「あ、ここ、魔道具店だ」

『お前以上の技術者なんてこんな街にいるものか？』

面倒そうなブランを宥めつつ店先を覗く。所狭しと商品が並べられていた。

「へぇ、実用的な魔道具が結構多いな。生活密着型の魔道具店だ」

『ふーん、まぁ、お前が作るのと比べたら、玩具みたいなものだがな』

ちらりと魔道具を見たブランがすぐに興味を失う。確かに並んでいるのは灯《あか》りや飲料水の魔道具で作り方も一般的なものだった。おそらく公開されているレシピを買って作ったものだろう。独創性は皆無だ。

「いらっしゃい。何が欲しいんだい？」

「あ、こんにちは。一体どういう魔道具があるのか覗いただけなんです」

「そうか……。気に入るのがあったら声をかけてくれ」

少し落ち込んだ店主が再び奥のカウンターに行くのをアルは首を傾げて見る。もしかしてあまり売り上げが良くないのだろうか。確かに一度買ってしまえば壊れるまで再び買うことのない商品ばかりだが。

『閑古鳥が鳴く店だな』

「あまりストレートに言わないで……」

アルが密《ひそ》かに思っていたことをズバリとブランが言うので、聞こえないと分かっていてもちょっと焦ってしまった。だが、見るべきものがないのも事実だ。申し訳ないが早々に退店することにした。

「あー、他に何か用があったかな？」

道を歩きながら色々見てみるが、あまり興味を引かれるものがなかった。

『どうせ二日後にはまた冒険者ギルドに行くのだろう？　ならば今日はもう帰れば良いのではないか？』

「……そうしようか」

なにせレイの話で少しばかり疲れている。今日は帰ることにしよう。

人気のない脇道に入って、転移魔法陣を脳裏に鮮明に描いた。魔の森の拠点を選んで発動させる。視界が一瞬歪んで、まったく別の景色が広がっていた。

「……作って日は経ってないのになんか落ち着くなぁ」

『うむ』

木の香りが漂う小屋に立ち、ほのかに笑みを浮かべた。

十四．拠点を快適に

午後はショウユ作りをすることにした。ブランは小屋の中でブランケットに包《くる》まって昼寝をするそうなので放っておく。どうせブランは見ているだけになるし。魔の森で狩りをしてきてくれてもいいのだが、それだと解体も面倒だし、放っておくのが一番だ。

用意するのはショウユの実と塩と水。これだけだ。

「まずは鍋にショウユの実を入れて――」

なんとなく一人だと独り言を言ってしまう。ブランがいたらお喋りも楽しめるのに。

鍋にショウユの実の倍量の水を入れ、一握りの塩を入れる。この作り方はすべて鑑定によって知ったものだ。これを後は煮込んで濾《こ》したらいいらしい。熱している間は放置すればいいので次に何をしようか考えた。

「……よし、もっと小屋の生活環境を良くしよう」

思いの外生活で使うようになったので、いつでも転移で帰ってきて使えるようにしようと決めた。まずはベッド。今は厚手の毛皮の上に毛布に包まって寝ているが、普通のベッドを設《しつら》えてみると快適になるだろう。

小屋を作ったときに余った木材を組み合わせてベッドの土台を作る。そこに森から集めてきた背の高い藁《わら》っぽい草を魔法で乾燥させて載せる。魔法で草を焼き切ってしまわなくて良かった。白銀の剣を持ってから、過剰な魔力が放出されず、魔力制御が容易になった気がする。草を敷き詰めた上には大きな布を掛ける。しっかり草を包み込むようにしてベッドは完成だ。寝転んでみると柔らかに体を包み込んで、なかなか心地よい。

物音を立てているのに熟睡しているブランを見て起き上がり、そっと抱き上げた。ベッドに寝かせるとごろりと寝返りを打つ。起きないので寝心地は悪くないのだろう。その体にブランケットをかけてやり、再び作業に戻った。

外に出て、森から粘土質な土を集めてくる。それを成形して魔法で焼いてレンガを作った。並び重ねて作るのは石窯だ。鉄板や網を載せるための竈《かまど》もつくった。森から採ってきた木も薪用に切り、近くに積んでおく。

外での食事用のテーブルセットも作った。ブランには座面が高い椅子を作り、使いやすくするのは忘れない。毎回テーブルに乗られるのはちょっとマナー的に気になるから。

「おー、なんか生活する場所になったかも」

作ってみると一気に生活感が増した空間になった。どれだけここで生活するかは分からないが、なかなか落ち着ける空間だ。

そろそろ日も落ちてくる時間になったので夕飯を作り始める。まずは煮込んでいたショウユを濾して空き瓶に注ぐ。ぺろりと舐めてみたが、屋台で食べたものとは全然違った。これに色んなものを足してあの味は作られていたのだろう。

「うーん、やっぱり蜂蜜？　でも、今手持ちに無いしなぁ。糖蜜花はちょっと勿体ない気がするし……砂糖でいいか」

鍋にショウユと白ワイン、砂糖を加える。甘味が足りない気がしたのですりおろしたアプルの実も入れた。加熱して温め、味見をすると、屋台で食べたものとはまた違った味わいがあって美味しかった。

「肉は……角兎《ホーンラビット》でいいかな」

たくさんある角兎《ホーンラビット》を捌いてたっぷり用意する。どうせブランが食べきるし、催促される前に用意しておいた。

「肉は漬け込むか、焼いてから塗るか……。うん焼いてから塗って、また焼こう」

作ったばかりの竈に網を載せ、火を起こして肉を並べる。厚切りの肉なので中までよく火が通るように、火は弱めにしてじっくり焼いた。

火が通るまでの間にスープを作る。ニンジン、オニオン、ベーコンをみじん切りにして、浅めの鉄鍋でじっくり炒める。そこに塩とハーブを入れ混ぜ合わせた後、攪拌《かくはん》の魔道具に入れペースト状にする。今日使う分だけ残して後はアイテムバッグに仕舞った。残した分は鍋に入れ、水と白ワインを加えて、そこに大きめに切ったイモとニンジン、オニオンを入れて煮込んで完成。肉がないとブランが怒りそうだから、余っていた角兎《ホーンラビット》の肉も細かく切って炒めた後スープに入れた。

網で焼いていた角兎肉《ホーンラビットにく》にも火が通ったようなので、ショウユタレにつけて再び網の上で軽く焼く。香ばしい匂いが広がった。

『む。肉を焼いておるのか』

匂いに気づいて小屋から出てきたブランが尻尾を振って網の上の肉を見ていた。鼻をクンクンとさせ、首を傾げている。

『あのショウユタレとはまたちょっと違う匂いがするな』

「うん。さすがに屋台のおじさんのレシピは分からないから、僕のオリジナルだよ」

『そうか。旨そうだ』

涎を垂らしそうになっているブランをテーブルセットに追いやる。どうせ手伝わないのだから座って待っていて欲しい。

温めたスープを深皿に注いでテーブルに置く。肉も焼けたようなので、ブランの方に大量に肉を盛り、テーブルに置いた。今日はパンを焼く時間がなかったから作り置きのパンも置く。どうせブランは食べないだろうから、アルの分だけ用意した。

『お？　旨いな！　ちょっと焦げた感じがまた良いアクセントになって旨い。ちょっと果物みたいな甘味があるな』

「あ、わかった？　蜂蜜の代わりに砂糖を使ったんだけど、それだけじゃちょっと味が足りない気がして、アプルのすりおろしも入れたんだよ」

『おお、アプルか！　確かに良い甘味があるな』

「美味しいね。角兎《ホーンラビット》が淡白な肉だから、余計にこのタレの美味しさが分かる。ショウユって色んな料理に使えそうだな」

『そうだな。森で見つけたら追加で採っておこう』

二人で味わいあっという間に食べ終わった。毎回思うが、ブランはアルの何倍もの量を食べているのに、食べ終わるのが同じというのはどういうことなのだろう。ちゃんと噛んでいないのではないだろうか。ブランの体は変化で縮まっていて、食べた分がどこに消えているのかも分からない。もしかして、ブランの胃は大腐蛇《ジャイロットスネーク》みたいに無限収納になっているのだろうか。アイテムバッグにしたらさぞかし価値のあるものになるだろう。絶対にしないけど。

『旨かった。……そういえば、いつの間にか生活環境が整ったようだな』

「うん、ちょっと頑張った」

辺りを見回して言うブランにちょっと胸を張って答えた。テーブルセットを作って竈とかも準備した。小屋の中にはベッドもある。十分頑張ったと言えるだろう。

『うむ。あのベッドの寝心地も良かったぞ』

「こっそりのせても気づかないくらい熟睡していたもんね」

『……まぁな』

油断しすぎていたのは自覚していたのだろう。ブランは視線を逸らして曖昧に頷いた。アルといるときのブランは野生の本能を放棄しすぎだと思う。棲み処の森にいた時もほとんど寝ていたようなので、ブランを害する存在がいないところではいつもそうだったのかもしれない。

「明日は森の探索をして、色々探す？」

今日は魔の森産の果物とかも調べたし、魔の森では常に薬草を採れることが分かった。森を探索して色々採取してみるのも楽しいだろう。

『転移箱は作らなくていいのか？　レイが頼んでいただろう』

「あ……」

『忘れていたのか』

ブランに呆れられて今度はアルが視線を逸らした。完全に忘れていた。そういえば、詳しい発注情報をもらったかも危うい。あの時は予想外の情報の連続で疲れていたから、色々と必要なことを聞き逃している気がする。

「……まあ、期限も決まってないし」

『次にレイに会ったときには用意していた方が、面倒がないんじゃないか』

「……そうします」

真っ当なことをブランに言われて、何も反論できなくて頷くしかなかった。とりあえず今日のうちに転移箱を使ってレイに連絡を取っておこう。転移箱の必要個数とか期限とかを確認しておかないといけない。レイに転移箱を渡していたままで助かった。

次の日ベッドから起き上がると、いつもより体の疲れが取れている気がした。やっぱりちゃんとした環境で睡眠を取るのって大事だ。

「よし、今日は転移箱作りだ」

『ふむ。我は散歩してくるぞ』

「あ、そうなの？　いってらっしゃい」

『旨そうなもんがあったら採ってくるから、何か袋くれ』

「これでいい？」

朝食後散歩に出るというブランに麻袋を渡して見送る。

小屋に戻り作業机に座って、アイテムバッグから転移箱に必要な材料を取り出した。レイに昨晩確認したところ、とりあえず十組欲しいということだったので、その数の分だけ必要だ。

転移箱作りに必要なのは、いつもの魔軽銀の箱と魔軽銀プレート、ペン、インク、燃料用の魔石だ。魔石は森蛇《フォレストスネーク》や角兎《ホーンラビット》のものでいい。一度転移箱を使うと新たな魔石を補充する必要があるかもしれないが、それが面倒なら質の良い魔石を使ってもらえば良い。そこまでアルが準備する必要はないだろう。

「魔軽銀プレートに魔法陣を描いて――」

描く魔法陣は既に完成形があるから描き写すだけだ。だが、対になっているものを指定する必要があるので、十組それぞれに印をつけた。これで一対になったプレートが十組できた。

「プレートを魔軽銀箱の底に設置して、魔石を設置する、と――」

転移箱が出来上がったので、一つを使って試してみる。上手く対応した箱に転移されたが、魔石は一回で消えた。

「やっぱり、森蛇《フォレストスネーク》の魔石じゃ一回が限界か。一応説明書も作っておかないと、ね」

とりあえず、対になったものを色分けして、一目で対応しているものが分かるようにした。そして、レイやその上にいるノース国の人間に向けての注意事項を紙に書いていく。

「Gランクの魔石では転移一回が限界。質が高い魔石を使うほど、転移可能回数は増える。あとは――」

何を書けば良いだろうかと首を傾げて、紙をペン端でトントンと叩いた。

「転移できるのは五百グラム以内でこの箱の蓋が閉まる大きさまでのもの。基本的には紙類で、生ものは不可」

説明はこんなもので良いだろうか。

「あ、対になっている箱同士じゃないと転移できないっていうのも必要かな」

おそらくレイが説明しているだろうが、一応書いておく必要があるだろう。

「あと、何かあったかな？　……転移する箱同士の距離は関係ないっていうのも書いておこうかな」

転移箱は、中身を飛ばしているわけじゃなくて、異なる位置にある点をくっつけるようなものだ。その点の間に本来ある距離は関係しない。だから、箱同士が離れていても消費する魔力は常に一定だ。詳しい原理は分からない。なんとなくそういう概念で魔法陣を考えたらできたからそれでいいのだ。

「よし、出来上がり！」

十組の転移箱を纏めて布に包んでアイテムバッグに放り込む。ついでにレイに出来上がりを報告しておいた。レイが気づいたころに受け取りの日時を伝えてくるだろう。

「何しようかな……」

転移箱は出来上がったが、まだ昼だ。ブランが帰ってくる様子はないので、恐らく自分で魔物を狩って食べているのだろう。アルも一人で食べるために作るのは面倒だったため、アイテムバッグに作り置きして入れておいたもので済ませてしまった。

「……解体用の魔法を考えよう」

ブランの帰りが遅いということは、また魔物を狩って帰ってくるかもしれない。いちいち冒険者ギルドに持ち込んで解体してもらうのも手間だし、旅を再開したらそれもできなくなるので、解体用の魔法は必須だ。食事の度に魔物を解体するのは面倒だ。

「解体ってなにが必要かな？」

単純に風の魔法で切り刻めば良いというものではない。そんなものでは、皮がボロボロになって、内臓も飛び散り不衛生だ。

「……部位を指定するには鑑定が必要か」

アルの鑑定眼は先天的なもので、厳密には魔法と分類されない。だが、それは瞳に特殊な魔法陣を持っているからだというのは分かっている。つまり、瞳にある魔法陣を読み取り分析すれば、魔道具にも応用できる可能性があるということだ。

とりあえず、アイテムバッグから軽銀プレートを取り出す。その表面を綺麗に磨いて軽銀鏡にした。気泡がなく歪みがないガラスを使った鏡というのは、貴族でも持っている者がほとんどいない貴重品だ。これで我慢するしかないだろう。

軽銀鏡にアルの目がしっかり映っているのを確認して、鑑定眼を発動させる。頭に浮かぶ軽銀鏡の鑑定情報を無視して、軽銀鏡に映った瞳の中に浮かんだ魔法陣を注視した。すると、暫くして鑑定結果が切り替わり、鑑定眼の魔法陣に対する鑑定結果が出てきて驚いた。

「え、こういうのも教えてくれるんだ」

単純な物体にしか鑑定をかけてこなかったので、軽銀鏡ではなくそこに映った魔法陣まで鑑定できて色々分かるとは予想外だった。

しかし、おかげで鑑定についてはよく分かったので、それを応用する魔法陣を考える。

「解体に必要な情報は、魔物の種類と大きさ、どこの部位に価値があるのか分類することだよね」

ならば、鑑定で読み取るのは対象の魔物の種類や大きさの基本情報と冒険者ギルドなどが指定している魔物それぞれの利用部位。あとはブランが絶対に必要としているだろう肉に関する判別だ。そもそも食用不可な魔物は素材としてだけ解体し、食用可能な魔物は、その肉を部位まで鑑定して分ける。

とりあえず思いつく限りの条件を組み込んで鑑定の魔法陣を改変させて紙に描いた。特殊インクで描いたものを床に広げる。

「試しに森蛇《フォレストスネーク》を鑑定させてみよう」

魔法陣の上に森蛇《フォレストスネーク》を載せ、魔法陣に魔力を流した。すると即座に頭に森蛇《フォレストスネーク》の情報が流れ込んでくる。

「おお、ちゃんと出来ている！　このぐらいの情報があれば、後は風の魔法で切るだけかな。水でも切れそうだけど、大量の水が出てきても嫌だしね」

再び机に向かって、鑑定の改良魔法陣と接続するように、風の魔法陣を描いていく。鑑定結果に沿って、必要最小限の風の刃《ウィンドエッジ》で魔物を切るように魔法陣を作っていった。

「あ、不要部位はどう処理しようかな」

これまでのアルは不要な内臓などの部位は地面に埋めるか焼却処分してきた。この魔法陣で大量の血肉がポイっと出てきたらなんか嫌だ。

「自動焼却機能も付けよう」

ちょっと魔法陣がごちゃごちゃしていて、多くの魔力を必要としてしまうが、発動させるのがアルの魔力であれば、その消費量は気にするほどのものでもないだろう。不要部位だけを限定して焼却し土に還《かえ》すよう魔法陣を組み込む。

追加で思いついたので、魔法陣が十分な量の魔力を保持したら光を放つように設定した。魔法陣に魔力を注ぎ終わったら離れることで、万が一にでもアル自身が魔法陣の対象にならないようにする。そもそも魔法陣に触れている死んだ魔物だけを対象にして発動する魔法陣だが、念には念をと思って付け足した。

「お、いいんじゃないかな」

出来上がった魔法陣は複雑に絡み合い、作ったアル本人でないと容易く読み解けないだろう。だがこれを一般に流布するつもりはないのだから別にいい。

「よし、これを特殊インクで描いて使ってみよう」

特殊インクで新しい紙に描き写し、それを床に広げる。その上に再び森蛇《フォレストスネーク》を載せた。

「ここから魔力を注いで――」

アルが設定した通り、一瞬魔法陣が光を放った。それを見て数歩離れる。暫く変化がなかったが、一瞬森蛇《フォレストスネーク》が動いたと思ったら、部位ごとに解体されて残されていた。

「おお、ちょっと発動が遅かった気がするけど、ちゃんとできたね」

森蛇《フォレストスネーク》を確認すると、きちんとこれまでアルがしてきたように解体されている。いらない部分も焼却されているようだ。

「……でも、紙じゃだめだな」

解体した結果汚れた紙を見て呟く。そもそも紙に書いた魔法陣は使い切りなのだ。解体の度に魔法陣を描くのも面倒だ。

「よし、魔軽銀プレートに描いておこう」

魔法陣からはみ出ても解体できるようにしているので、普段の魔軽銀プレートに描けば使えるはずだ。早速魔軽銀プレートに描いて、再び森蛇《フォレストスネーク》で実証した。

「完成！　凄い、ちゃんと出来た！」

これまでの苦労を解決してくれる魔法陣の完成に、思わず一人で歓声を上げてしまった。早くブランに報告したい。絶対に驚くだろう。

アルが解体用魔法陣を考えている頃、ブランは拠点から離れたところに来ていた。前にレイに教えてもらったフランベリーを採取できるところを探しているのだ。

『むぅ、なかなか見つからんな。西の方と言っても広すぎるぞ』

魔の森の地図があるわけでもないので、自分の嗅覚と勘を頼りに探すしかない。赤い実らしいので目立つと思うのだが、これまでそういう実が生っている木は一本も見ていなかった。

『この辺は食いでがありそうな魔物が多いな』

休憩のために樹上で寝ころび下の方を見ていると、肉付きがいい猪型の魔物が通って行った。脂がのって旨そうだが、今日の目的はフランベリーを探すことだ。今狩ったところで、持ち運ぶのが大変である。

『……勿体ない。丸焼きにして今すぐ食えばいいのか？』

朝食を食べたばかりだが、満腹には程遠い。猪一体くらい余裕で食べられるだろう。でも、ブランとしては旨い肉はアルに調理してもらって食べたかった。生きたまま丸焼きにして食べるのと、アルに捌いてもらって味付けして食べるのとでは味に雲泥の差がある。

『……さっさとフランベリーを探してアルのところに帰ろう。今日も旨い飯を用意してくれるはずだ。時間があったら、クッキーも焼いてくれるかもしれん』

アルに貰ったクッキーの味を思い出して、じゅるりと唾液が溢れる。早く食べたくて仕方なくなってしまった。

『むぅ。どこにあるのだ、フランベリーは』

休憩を止めて立ち上がる。グッと伸びをして、地面に下りて再び駆けて探し出した。

『フラン、フラン、フランベリー。フランベリーはブランのベリー。甘くて旨い赤い実だ〜』

適当なリズムで口ずさみながら周囲の木々を見渡す。時折襲ってくる魔物を倒して放置しつつ進み続けて、漸く甘い香りが鼻先に届いた。

『お？　嗅いだことがある匂いだぞ』

嗅覚を頼りに慎重に進んだ先に、赤い実が鈴生りになっている低木があった。

『フランベリーだ！　漸く見つけたぞ！　果実の癖に我にこんなに苦労をかけるとは、何たる奴だ。今すぐ食らうてやろう！』

甘い香りが誘惑してくるので、逆らわずに近くにある実に齧《かぶ》りついた。口に入れた瞬間に、爽やかな甘みと僅かな酸味が広がる。

『旨いな！　あのクッキーに入っていたのは乾燥させたものだったが、生で食っても旨いぞ。ううむ、悩むな。これをジャムにしてクッキーにのせても旨いかもしれん。だが、あの記憶の中の味も食いたい……』

一つ、また一つとフランベリーを食べながら考える。生で食べてもこれだけ旨いのだ。わざわざ乾燥させるのは勿体ないかもしれない。

『……いかん。食いすぎた』

気づいたときには、低木に生っている実は残り僅かになっていた。この実が旨すぎるのが駄目なのだ。一粒ずつが小さくて、口に入れやすいものだから無意識のうちに食べ続けてしまった。

『さすがに、この数では足らんよな？』

乾燥させるにしても、ジャムにするにしても、数が全く足りていない。最初はあれだけたくさん生っていたのに。

『……仕方あるまい。また探すか』

漸く見つけた一本の木から残りの実を採取して、再びフランベリーの実を探すために駆けだした。

『フラン、フラン、フランベリー。フランベリーはブランのベリー。甘くて旨い赤い実だ〜』

この近くに他にもフランベリーの木があることは嗅覚が教えてくれている。ブランは尻尾をご機嫌に振りながらその木へ急いだ。

十五．お互いの成果

『何を騒いでいるのだ』

「あ、……おかえり、ブラン」

散策から帰ってきたブランに思いっきり怪訝そうに聞かれてしまった。ちょっと気まずい。自分がはしゃぎすぎていた自覚があるから。

「解体用の魔法陣を考えたんだよ」

『ほう。そんなものできたのか』

報告したら驚いたように言われた。前からアルは作りたいと言っていたはずだが、本気で作れるとは思っていなかったらしい。アル自身もこんなに上手くいくとは思っていなかったのでその驚きは当然だと思う。

「見てみて！」

『……見たところで分からん』

たくさんの魔法陣が繋がり重なっているのを見て、ブランは憮然《ぶぜん》としてそっぽを向いた。理解できなかったのがちょっと悔しかったらしい。

「じゃあ、試して見せるね」

『待て、外に肉を狩ってきてある。それを解体しろ！』

予想通りブランは何か魔物を狩ってきたらしい。小屋に開けた窓から見ると黒く大きなものが見えた。どこか見覚えがある気がする。

「あれって……」

『うむ。まだ馬を食べていなかったから、また狩ってきたぞ』

「……明日になったら、ギルドから引き取る予定だったのに」

ブランが狩ってきたのは黒魔馬《ネグロマギホース》だった。魔物暴走前にも狩ってきていたが、解体はギルドに任せたのでまだ手元に肉はない。それでも、明日にはギルドから受け取れるはずだったのだが、それも待てなかったらしい。

「まあ、いっか。まだ大きな魔物で試してなかったし。失敗しても気持ち的に楽かも」

『失敗!?　その可能性があるのか!?　ならんぞ！　今日の飯は馬肉なのだ！』

「はいはい」

足元でキャンキャン喚《わめ》くブランを適当に宥めて、解体用プレートを持って外に向かう。黒魔馬《ネグロマギホース》を撥水《はっすい》加工した布の上に載せ、それに触れるようにプレートを置いた。

「ブラン、離れてないと解体されちゃうよ？」

『なに!?』

ブランが思いっきり飛《と》び退《の》いた。勢いが良すぎて迷いの魔道具の範囲からも遠ざかっている。

ちょっと脅しで言っただけで、プレートに触れていない限り解体されることはないし、そもそも生きているものには作用しないのだが。まあ、ちょっと煩かったからちょうどいいか。

「ここから魔力を流して――」

プレートに魔力を流して、一瞬光を放ったのを確認して離れる。暫しの間の後、一瞬黒魔馬《ネグロマギホース》の姿がぶれたと思ったら、布の上に素材が分けられていた。

「成功！」

『……む、なんだか複雑な魔力を感じたぞ』

「たくさんの属性の魔法を組み込んでいるからね」

『そうか』

いつの間にか近づいてきていたブランがひょいっとアルの肩に乗る。地面にいるより安全だと判断したようだ。もう解体用の魔法陣は作動していないのだが、理解できない魔法を少し警戒しているらしい。

「もうこれ動いてないよ？」

『分かっている。便利になっていいが、我がいるときに使うなら予《あらかじ》め伝えるようにしろ』

「……分かった」

相当嫌だったようだ。若干逆立っている毛を撫でてから、解体された黒魔馬《ネグロマギホース》をアイテムバッグに収納する。解体用のプレートも仕舞ったところで漸くブランも落ち着いてきた。

「今日は馬肉祭りだね」

『祭り！　いい響きだな！』

ご飯のことになると急にテンションを上げるブランは通常通りで少しだけ安心した。

「馬肉ってどう調理するのかなぁ」

バッグから肉の塊を取り出して鑑定してみる。どうやら新鮮なものは生で食べるのがおすすめのようだ。というか、なぜ鑑定はおすすめの調理法まで紹介してくるのだろう。この鑑定結果を誰が作成しているのか少し疑問に思う。

「生か……、生肉って食べたことないな」

『生肉も旨いぞ』

「そりゃブランは魔物だからね。僕は人間だけど、ちゃんと美味しく感じるかなぁ」

生の肉を食べるのはちょっと忌避感がある。だが、ブランが乗り気なので一応作ろうとは思う。

「一口食べてみてダメだったら全部ブランにあげればいいか。加熱した料理も作るし」

『うむ。我が全て食らうてやるぞ！』

「僕が食べられなかったら、だよ？」

既にすべて食べようと意気込んでいるブランに釘を刺す。まだ生の馬肉を食べられないとは決まっていない。もしかしたら凄く美味しいかもしれないのだ。

『お前は食えなくてもいいのだが……』

ぼやいているブランを無視して調理に取り掛かった。まずは時間のかかるものから。鍋を取り出して水を沸騰させる。その間に馬肉を火の通りやすい大きさに切って、沸騰した鍋に投入した。暫くすると灰汁が出てきたのでそれを掬《すく》いとる。

『なんだ？　煮るのか？　またブラウンシチューか？　あれは旨いからそれでいいぞ？』

「今日は違うよ。使うのはこれ」

アルが取り出したのはショウユの入った瓶だ。それに気づいたブランが首を傾げる。

『煮てから焼くのか？』

「……ショウユは串焼きにだけ使うものじゃないからね？」

『なに!?　別の食い方があるのか！』

「レイさんのとこでも食べたでしょ」

『お？　……あれは旨かったな！』

興奮してぶんぶん尻尾を振るブランを宥めるのも面倒なので、テーブルセットの方に放り投げた。

『何をするっ!?』

スタッと地面に着地したブランが抗議してくる。

「そんなに尻尾振っていたら、料理に毛が入るでしょ。そっちで待っていて」

『……うむ』

アルの言い分に納得したらしいブランだが、雑な扱われ方には少し不満が残ったらしい。拗ねた様子でブラン用の椅子に座り、テーブルに顎を載せてアルをジト目で見つめた。その細目がなんだか可愛く見えて少し笑ってしまう。

「これは湯切りして――」

火が通った馬肉の湯を捨てる。ニンジンやオニオンなどを大きめに切って、加圧式時短鍋に入れた。そこに下茹でした馬肉も入れ、水とショウユ、砂糖、塩、白ワインなどの調味料を加えて蓋を閉め、魔力を流して加圧しつつ加熱した。

「よし、これで煮込みは待つだけだね」

次に生馬肉のカットをする。食べやすい薄さに切り、二人分の皿に盛りつける。皿には生で食べられるオニオンを薄切りして敷いておいた。ちょっと盛り付けを凝ってみたけど、どこからどう見てもただの生肉だ。これを食べるのか。

「……付けダレはどうしようかな」

肉に癖があったら食べにくいので、タレをどうするかは真剣に考えた。ショウユの鑑定結果に使えそうなタレレシピもあったのでとりあえず作ってみることにする。

作ったのはショウユと砂糖を混ぜた甘めのショウユ。それに足せる薬味として、すりおろしジンジャーやネギのみじん切りも用意した。これらがあれば癖があっても食べやすくなるだろう。

　もう少し種類が欲しいなと思ったので、数種類のオイルを取り出した。オレンジオイルやセサミオイルなどをそれぞれ小皿に垂らし少量の塩を加える。シンプルだが味変にはちょうどいい手軽さだ。

「できた」

『早く食べるぞ！』

　テーブルを前足で叩いて催促するブランに急《せ》かされつつ、出来上がっていた馬肉の煮込みと生馬肉のスライス、タレをテーブルに並べる。

「生馬肉はこのタレにつけて食べてね。そのままでもいいけど」

『うむ』

「ショウユは甘めにしているけど、こっちの薬味で好きなものを使って」

　ブランはとりあえずそのまま食べることにしたようだ。一口食べて口を動かす。アルはその様子を黙って見守った。決して毒見をさせているわけではない。絶対に。

『……ふむ、馬肉とはすこし淡白な肉なのだな』

「え、そうなんだ？」

　意外な感想で驚く。見た目と違ってあっさりした肉らしい。ブランは続いて甘口ショウユにつけて食べている。その反応は分かりやすかった。盛大に尻尾が振られている。

『旨いぞ！　この甘いんだかしょっぱいんだか分からんタレをつけると旨い！』

「……言い方はちょっと嫌だな」

感想に納得できないものを感じたが、アルも食べてみることにした。馬肉を一切れショウユタレにつけて恐る恐る口に運ぶ。

「……えっ、美味しい」

『だろう？』

なぜかブランがどや顔をしているが、それが気にならないくらい美味しかった。淡白でしっとりした肉とショウユタレのとろみのある甘さが合わさり、シンプルに美味しい。ジンジャーやネギを足しても少し味が変わって美味しく食べられた。

「オイルの方はどうだろう」

数種類のオイルにつけてみたが、アルの好みはセサミオイルと塩の組み合わせだった。セサミオイルの少し香ばしい風味としっとり淡白な馬肉がよく合う。

「……あ、もうなくなっちゃった」

気づいた時には皿に出していた肉はなくなっていた。

『この煮込みも旨いぞ！』

「ほんと？」

ガツガツと食べ進めているブランに促されるように馬肉の煮込みを食べる。しっかり灰汁抜きしたからか変な臭みもなく、生とは違ったホロホロの肉の旨味がショウユ味のシンプルなスープと合わさり美味しい。あっさりしていていくらでも食べられそうだ。

『旨かった！』

「……美味しかったね」

アルもブランもいつの間にか完食していた。それぐらい美味しかったのだ。

「……馬肉は美味しいし、なんだかショウユの可能性を感じたな。もっと色々試してみよう」

そのためにはショウユの実をもっと集めないといけない。明日からの予定としてショウユの実採取を入れておいた。

『そうだ！　我は馬だけでなく良いものを採ってきたのだぞ！』

「え？」

急に言い出したブランを見ていると、小屋近くに置いてあった麻袋をくわえて持って来た。それは今朝渡した袋だが、何が詰まっているのかパンパンに膨れている。

『お前が解体の魔法陣なんかを見せるから、すっかり言うのを忘れていたではないか』

「何を採ってきたの？」

手渡された袋を開けて中を見ると、小さな赤い実がいっぱいに詰まっていた。生の実を見たのは初めてだが、図鑑では見たことがある。

「……これ、フランベリー？　魔の森特有の果物だよね？」

『そうだ。我はそれを探し回ったのだぞ。この森は広すぎて探すのに苦労した』

「なんでわざわざこれを探したの？」

ブランは果物を好んでいるが、フランベリーに限定して探す意味が分からなかった。魔の森特有の果物をブランが知っているのも驚きである。

『なんで、だと？　……それは、アルが初めにくれたクッキーに使っていたものだろう？』

「初めの、クッキー……」

少しだけ居心地悪そうにそっぽを向くブランの言葉を聞いて、アルは目を見開いて驚いた。確かにブランに初めて会った時にあげたクッキーはこの果物を使ったものだった。その時にこの果物の名前を教えて、その後に図鑑で絵も見せた気がする。ブランはそれでこの果物を覚えていたのだろう。

「僕が最初にあげたクッキーに使っていた果物だから、わざわざ探してきたの？」

『……そうだ。悪いか!?　あのクッキーは驚くほど旨かったんだ！　また食いたくなっても仕方ないだろう!?』

やけくそ気味に叫ばれて、アルは吹き出して笑った。笑いすぎて、なんだか目頭が熱くなって、涙が零《こぼ》れそうだった。

『泣くほど笑うことか!?』

「あははっ、そっか、じゃあ、またクッキー作らないとね」

ブランにあげたクッキーは、まだ料理に不慣れな頃にアルが作ったものだ。たぶんクッキー自体が少し焼き過ぎで焦げ気味だったし、フランベリーのドライフルーツをただ混ぜて焼いただけだから、今作るものほど美味しい出来ではなかっただろう。

それなのに、ブランの記憶の中では、また食べたいと苦労して果物を探すくらい美味しいものだったのだ。それは初めてのクッキーだったからなのか、それともアルとの出会いを思い返して懐かしんだからなのか。

ブランは感情表現が豊かだが、愛情を言葉にして伝えることはない。偉そうでちょっと捻《ひね》くれた部分がある相棒だ。でも、アルとの思い出の味を探し求めてくれたと聞いただけで、ブランにとってもアルとの出会いが特別なものだったのだと感じられて、泣きたくなるくらい嬉しかった。

十六．魔の森の探索

翌朝、冒険者ギルドに預けた魔物の解体が終わっているはずなので、朝一で向かった。朝はギルド掲示板に新着の依頼が載るので冒険者がたくさんいる。ごった返している掲示板前を通過して、魔物素材買い取り（解体依頼）カウンターの係員に声をかけた。

「おはようございます。こちらで解体依頼をしていたのですが、リストはできていますか？」

「あぁ、アルさんですね。暫しお待ちください」

アルのギルド証を確認した係員がカウンター脇にあるボックスから書類を探した。

「全部解体が終わっていますよ。こちらがリストになります。アルさんが引き取る分にチェックを付けてください」

「分かりました」

渡されたリストは魔物の種類と素材名が書かれたもので、その左端にチェック欄があった。ギルドとして普段からこういった作業があるのか、しっかり書式が設定されているようだ。

『多いな』

「そうだね」

カウンターに新たに並ぶ者もいないようだったので、そのままカウンターに置かれていたペンを手に取ってリストの素材を一つずつ確認する。

「大腐蛇《ジャイロットスネーク》の胃袋は絶対いるし、あ、こっちの魔石もいるな。というか、魔石は全部引き取りでいいか」

『肉もいるぞ！』

「はいはい。言われなくても分かっているよ」

ブランの言うとおりに、食用可能な肉にはすべてチェックを付けた。大腐蛇《ジャイロットスネーク》で新たにアイテムバッグを作れば、今よりもずっと多くのものを持てるようになる。ブランがたくさん食べるので、肉はいくらあっても困らない。

「こっちの皮も使いやすいし、これも引き取りにして——」

リスト全てに目を通して、引き取るものが決まったので、リストを係員に提出した。それにざっと目を通した係員が頷き、倉庫係にリストを渡す。その控えを手元に残して、何やら計算していた。

「今からチェックが付けられたものを持って参ります。それ以外の魔物素材の査定額はこちらになりますが、よろしいですか？」

「あ、はい。それでお願いします」

既に素材一つずつを査定してあったらしく、チェックされなかった素材の査定額を足してアルに提示してきた。ざっと見て妥当な査定だったので頷いておく。

「こちらはギルド口座に入金しますか？」

「いえ、金貨十枚は貨幣でください」

「かしこまりました」

今後旅を再開するなら、その準備にもお金がかかる。途中で村や町に立ち寄らない可能性を考えたら、小麦などの農作物や調味料の類を買い込んでおく必要があるからだ。旅の間の食事に妥協したくないし。

差し出された金貨を一部銀貨に両替してもらっていたら、引き取る素材が倉庫から運ばれてきた。車輪付きの大きな箱に入れられて運ばれてくる。その中の素材をリストと見比べながらアイテムバッグに収納した。

「全部そろっていますね。ありがとうございました」

「いえ、こちらこそ、魔物暴走でのご活躍に感謝致します」

にこやかな笑みが返ってきたのでアルも微笑んでギルドを後にした。

『森に行くのか？』

「いや、まずはレイさんのとこ。転移箱の引き渡しだから早く済むと思うけど」

『そうか。……我はあれを食いたい』

果物店の前を通りかかったら、ブランがアルの髪に噛みついて引っ張ってくる。

「痛っ、髪を引っ張るのはダメ！」

『……あれを食いたい』

怒られたブランが今度はすりすりと頭にすり寄ってくる。頰に柔らかい毛が触れてくすぐったい。

「分かったから！　もうやめて」

『ふふん』

そこでどや顔する意味が分からない。なんとなく釈然としない気持ちで、ブランが食べたがった薄桃色の果物を二人分買った。……アルも食べたかったので。

「これ、モンモだね。レイさんのとこで食べたケーキに入っていたやつ」

『甘くて旨いな！　あれは干し果物だったが、これは瑞々《みずみず》しい』

「……肩に果汁こぼさないでよ？」

確かに芳醇な甘さがあって美味しいのだが、肩の上で食べさせるのは危険なやつだった。一応撥水効果のあるコートだが、万が一にも果汁の染みと匂いがついたら嫌だ。

『うむ。こぼすなんて勿体ないことはしないぞ』

宣言通り、ブランは器用に一切果汁をこぼさず食べきった。それが勿体ないからという理由でなければ褒めるのだが。

「あ、宿屋着いた」

『今日も何か食うか？』

「……朝食は食べたし、さっきモンモも食べたよね？」

『昼食前のおやつだな』

「ブラン、食べすぎ！　まん丸毛玉め」

『なに!?　我のこれは冬毛だぞ！　太ったわけではない！』

最近ちょっと膨らんできたと思っていたら、太ったわけではなく冬毛に変わっただけだったらしい。確かに肩にかかる重さは変わっていなかったけど。

ブランと言い合いしながら宿屋に入ると、宿屋の受付に微笑まし気に見られてしまった。少し恥ずかしい。

「……レイさんの部屋に直接行けばいいみたいだから、行くよ。食堂も今は閉まっているみたいだし」

『そうか……』

食堂の閑散とした様子が目に入ったブランがシュンと肩に伏せた。本気で食べるつもりだったらしい。昼前の仕込みで食堂が閉まっていてくれて良かった。

「よお、おはよう……って、時間でもないか」

「そうですね、こんにちは？」

レイの部屋を訪ねると、曖昧に挨拶された。確かに微妙な時間帯である。

「もう転移箱できたんだろう？　無理をさせたんじゃないか？」

前回と同じようにテーブルセットに向かいながら、レイから気遣いの言葉がかけられた。だが、アルは一切無理なんてしていない。強いて言うなら、依頼を先延ばしするのが嫌でさっさと片づけただけだ。

「全然無理はしてないですねぇ」

「……そうか」

アルの様子を見て言っていることが本当だと伝わったようで、レイが若干呆れていた。魔道具をこんなに短期間で仕上げるのは普通じゃないらしい。

「こちらが依頼の転移箱です」

「おう。ありがとよ」

十組の転移箱を机に並べる。色分けしているから、どれが対になっているか分からなくなることもないだろう。

「一応入れてある魔石は森蛇《フォレストスネーク》のものですので、魔石の交換をあまりしたくないようでしたら、そちらで質の良い魔石を入れてください。色々注意事項はこっちの紙に書いてあります」

「お、わざわざ書いてくれたのか」

注意事項を読んだレイが頷き、自分のバッグから革袋を取り出した。それと一緒に紙も渡される。

「国に査定を頼んだら、これくらいが妥当だろうと言われたぞ。これでいいか？」

「……え、こんなに貰っていいのですか」

「これの利便性と、今のところお前しか作れないという特別性を考えたら妥当だと思うぞ？」

予想の十倍の価値だった。それほど国が転移箱を評価しているということなのだろうが、それにしてももう少し値切ってくると思っていた。

「まあ、くれるというなら有難く貰いますが」

「受け取っとけ。どうせお前との契約を今回限りにしたくないって思惑込みの金額だろうからな」

「……いいんですけどね、お金が入るなら。無理な要求とかされなければ」

「お前との交渉は俺が一括して引き受けることになったから、そういう要求はさせねぇよ」

どうやら、ノース国との取引は全面的にレイを介すことに決まったらしい。他の面子は知らないので今さら他の人になっても困るし、それはアル的には有難いのだが。

「……レイさんって、貧乏くじをひくタイプですよね？」

「……やめろ」

「僕が言うのもなんですが、もっと気楽に生きた方がいいですよ？　せっかく平民になったのですから」

「……簡単にそう言えないくらい、国の仕事に関わっちまっているんだよなぁ」

疲れたように呟くレイに少し同情した。アルのように面倒なことを避けて生きることは考えられないタイプらしい。そのレイの性格に助けられている身としては、あまり強く何かを言えないが、ちょっと不憫《ふびん》だ。

「何か魔道具をご希望なら、可能な限り協力しますね」

「……助かる」

切実な返事だった。


とりあえずこなすべき用件はすべて済んだので、後は気楽に行動できる。あまり魔の森を探索できていないし、一度深く探索してみることにしようと思う。

『果物はどこだー！　旨い肉はどこだー！』

「ブラン、うるさい」

尻尾をフリフリ、ご機嫌なブランが肩で少し鬱陶しい。ブランは何度か魔の森を探索しているはずなのに、なぜこんなにテンションが高いのだろう。

「ショウユの実も探してよ？　あれ、結構万能調味料だから、今後の旅でも大活躍だと思うんだよね」

『そうだな。あれは必須だ』

すっかりショウユの味を気に入っているブランと一緒に森を歩く。歩くというより駆けると言ってもいいスピードだが、ちゃんと木や植物に目を向けて、有用なものを見逃さないようにしている。

「おっと、早速見つけた！」

『なんだ？』

「ショウユ！」

『おお、たくさんあるではないか！』

森の浅いところは冒険者がたくさん探索しているのか有用なものが見つからなかったが、半ばまで来たところで漸く見つけた。途中、魔物暴走の時にアルが担当した場所を通ったが、しっかり若木が生えてきていた。魔の森の再生スピードが少し恐ろしい。だが、それくらいのスピードで再生するなら、魔の森では採りつくす勢いで採取しても大丈夫な気がする。

「ここにあるのは全部採っちゃおう」

『うむ』

ブランと手分けしてショウユの実を採取して袋に詰める。前回と同じくらいの量が採れそうだから、暫くはショウユ不足を心配しなくていいだろう。

「ん？」

ショウユの木の根元に、可愛らしい紫の花が見えた。パープルカラミントだ。葉はハーブティーにすると良い香りがして美味しい。

「そう言えば、お茶も少なくなっていたんだった」

食後や寝る前などに飲むので、用意していたものが少なくなっている。アルは紅茶が好きなのだが、紅茶の茶葉は高い。普段飲むのはハーブを独自にブレンドしたお茶が多かった。とりあえずパープルカラミントも摘んで別の袋に詰める。街で袋を買い足した方がいいかもしれない。

「どっかにお茶の木ないかなぁ」

『茶は食っても腹に溜まらんぞ』

「そういう目的で口にするものじゃないんだよ？　こう、精神を穏やかにさせる的な」

『茶が必要なほど荒れた精神ではなかろう』

「……そうだけどさ」

ブランにはお茶の必要性は理解してもらえそうにない。アルは一人で楽しめればそれでいいから、無理に共感を得ようとは思わないが。

『ほれ、次いくぞ』

「はーい」

ショウユの実が詰め込まれた袋をアイテムバッグに仕舞って、森歩きを再開する。

森の半ばあたりでは、果物などは見つかりそうにない。ここまで採取に来る者も多いようで、熟した実が全て採られた木をいくつか見つけた。その度にブランががっかりして肩で項垂れる。

「あ……」

『どうした？』

「前に関所近くで採ったベリー、全然食べてないね」

『っ、なぜ、忘れていたのだ!?』

「ちょ、忘れていたのはブランも一緒でしょ！　頭叩かないで！」

ふと思い出したことを呟いたら、一瞬固まったブランがアルの頭をバシバシ叩きだす。忘れていたのはブランも一緒なのに、こんなに責められるのは納得がいかない。アイテムバッグに仕舞っていると、結構存在を忘れるものがあって危険だ。

『今日の甘味はベリーだ！　ベリーを使って何か作るのだ！』

「分かったから、もう落ち着いて」

アルが了承したら、漸くブランの手が止まった。ブランのパンチは地味に痛いのだ。爪ではなく肉球で叩く配慮はしてくれているが、その配慮の前に叩くのをやめろと言いたい。

「とはいえ、何か他の果物も欲しいなぁ。……あ」

『ん？　なんか来るな』

「来るね」

ここまで出会う魔物はすべてさっさと斬りアイテムバッグに収納してきたが、どうやらちょっと強い魔物の気配がする。森の半ばより奥に入ると至る所で強い魔物の気配がしていたが、こちらに向かって来る個体は今日初めてだ。

「何かなぁ」

『旨いもんが良いぞ！』

「選べるものじゃないけどね」

アルの方からも魔物の方に向かっていく。一応地面ではなく、木々の枝を跳んで進んだ。

「……なにあれ？」

『奇妙な魔物だな』

木々の合間から見えた魔物の姿は異様なものだった。これまでアルが出会ってきた魔物は大半が普通の獣が魔物化した姿のものが多かった。だが、アルに迫ってきたのは、クマっぽい体に鳥の頭がついている魔物である。アルの気配に気づいていても、木の上に視線がいかないのか、アルがいる木の近くで首を傾げている。

「ピギャオッ……？」

「ねぇ、あの姿、バランス悪くない？」

『ふむ。あの頭後ろまで回るようだぞ。意外と効率がいいのではないか』

「あ、そうなんだ」

『鑑定すればいいだろうに』

「……鑑定します」

忘れていたとは言いにくい。言わずともブランは気づいて呆れているが。

鑑定してみると、奇妙な魔物は梟熊《オウルベア》というらしい。Bランクの魔物で、三百六十度視界があり、一度獲物として見定めたものは執念深く追う習性がある。固有の風魔法があるため、その点は注意が必要だ。

「……これさ、こっちに気づく前に狩っちゃったら、なんか可哀想だね」

『これが愚かなだけだろう。さっさと狩ってしまえ』

あくまで地上に獲物がいると想定して探している梟熊《オウルベア》の上で、ちょっと申し訳なくなる。

「ピギャアッ！」

「あ、気づかれた」

『だから、さっさと狩れと言ったのに』

漸くアルを視界に捉えた梟熊《オウルベア》が、激昂した様子で吠《ほ》えてくる。同時に風の魔力が押し寄せてくるのを感じて、木から飛び降りた。

アルがいた木がばっさり切られて倒れる。だが、その時にはアルは梟熊《オウルベア》の後ろに回って剣を振りかぶっていた。

「ギャビーッ」

「あ」

梟熊《オウルベア》の頭がグルっと回ったと思ったら、アルを見て存外素早い動きで跳び、剣を避けられてしまった。

「おっと……」

続けて放たれる風の刃《ウインドエッジ》を避けて、梟熊《オウルベア》の隙を探るも、死角がなくて攻めどころが見つからなかった。

「え、意外と厄介な魔物？」

『お前が余裕をかましていたからだろう？』

風の刃《ウインドエッジ》を避けて激しく動くアルの肩の上でブランが呆れている。移動の遠心力で飛ばされないようにしがみつかれてちょっと邪魔だ。

「こういうときは魔力波だよね」

剣に意識的に魔力を流し、梟熊《オウルベア》に向けて横薙ぎする。魔力は必要最小限に調節した。

「ピギャアァァアッ」

避けようとする梟熊《オウルベア》だが、アルはそれもちゃんと想定して範囲を定めていた。梟熊《オウルベア》がその範囲から逃れる前に、魔力波がその身を捉える。首のところが切られ、梟熊《オウルベア》は地に倒れ伏した。

『おお、成長したではないか。今回は木を巻き込んでいないぞ！』

「でしょ？」

ブランに褒められてちょっと嬉しくなる。魔物暴走を通して、この剣の扱いに慣れてきたためか、アルの望みのために剣が必要としている魔力もなんとなく分かるようになってきた。その結果、必要以上に他を傷つけず、対象だけに力を向けるよう計算するのも楽になった。

「これは仕舞って、後で解体しようっと」

『うむ。肉はたくさんあるしな』

「そうだね」

アイテムバッグに仕舞って歩き出す。梟熊《オウルベア》に相対するために結構深くまで来ていた。この辺になるとさすがに限られた冒険者しか来られないのか、薬草や果物がすぐに視界に入る。

「あ、ブラン、モンモがあるよ」

『おお、たくさんあるではないか！』

急激にテンションを上げたブランが、ビュンっとアルの肩から飛び降りモンモの木まで駆けていった。すぐさま熟れた実を採ってかぶりついている。

「ちょっと、あんま食べないで、ちゃんと採取してよ？」

『うむ』

ひょいっと木の上で跳んだブランが、次から次へとモンモを採取してアルのところに投げてくる。

「ちょ、あぶないっ、モンモが傷ついたり落ちたりしたら勿体ないでしょ！」

『……そうだな』

投げられた実はちゃんと受け取ったが、さすがに柔らかいその実を傷つけずに取るのは難しい。ブランを叱ったら、すぐにそのことに気づいたブランがぴたりと止まって、今度はそろりと実をアルへと落としてきた。アルは木の上に登れるし、そこまでしてブランが採取する必要はないのだが、熟れた実を探すのが楽しそうなブランを見て何も言わないことにした。

魔の森では様々な果物や薬草などが採れたので拠点に戻って整理することにする。そろそろ目的地に向けての旅を再開したいし、その準備をするのも必要だ。

『甘味だ、甘味！』

「……散々モンモを食べたのに」

尻尾を振りつつ甘いものを要求するブランには毎度のことながら呆れてしまう。だが、ベリーの存在を忘れていた代償として甘いものを作ることを約束していたので、とりあえず作っておくことにする。まだ夕食には早いが、その準備をしてから荷物を整理すればいいだろう。

「ベリーか……。タルト食べたいかも」

『タルトとはなんだ』

「ケーキの亜種みたいな」

相応《ふさわ》しい説明が思い浮かばなくて首を傾げると、ブランも首を傾げてしまった。

「クッキーの上にクリームとかのっている感じかな」

『うむ。旨いならばそれでいいぞ』

なんとなく想像がついたのか、ブランがこくりと頷いた。了承を得られたようなので早速作り始めた。

まずはタルト生地から作る。パン焼き窯を作っていたので、それを使えばいいだろう。小麦粉などの材料を混ぜ合わせ、金型に詰めて成型する。火を入れて温めておいた窯にその金型ごと入れてじっくり焼いた。

生地が焼きあがるのを待つ間に、その上にのせるものを作る。ベリーを鍋で熱し、砂糖と少量のレモン汁を入れ、ベリーの形が崩れるまでよく加熱した。これは焦げ付かないように混ぜ続けなければならない。横でブランが興味津々で鍋を見ていたので、手伝ってもらうことにした。

「ブラン、この鍋混ぜておいて。底が焦げないようにね」

『なに!?』

驚いて固まるブランを無視して、内緒で用意していたエプロンをブランの毛を覆うように装着した。頭から胴体を覆うフード付きのコートみたいなものだ。手の部分と顔は出ているが、まあいいだろう。

『……これはなんだ』

「エプロン。毛が入らないようにね」

『むぅ』

ちょっと嫌そうだが文句を言うわけではないので気にしない。ブランが立つ台を用意して、ジャムを混ぜる用の木べらを渡す。

『……仕方ないな』

不承不承といった言葉だが、その言葉に反して尻尾がご機嫌に振られている。なんとなくブランが考えていることが分かって釘を刺しておくことにした。

「ブラン、盗み食い厳禁ね。もししたら、ブランの分のタルトの分け前少なくなるからね」

『なに!? 我を働かせておきながら、分け前まで減らすつもりか!』

「いや、ブランが盗み食いしなければいいんだよ?」

『む……。分かった』

途端にシュンとして、静かに丁寧に木べらでかき回し始める。それを見てからアルは作業を再開した。

クリームチーズに砂糖などを混ぜ合わせて練り合わせる。そのあと、アイテムバッグから取り出した作り置きの卵蒸しパンを小さくちぎっておいた。いい匂いがしてタルト生地が焼きあがったので、窯から取り出して粗熱をとる。金型から外したら、ちぎった蒸しパンをタルト生地に敷き詰め、その上にクリームチーズを厚めに重ねた。

「ブラン、ジャムはできた?」

『うむ。形が崩れて、トロッとしておるぞ。……旨そうだ』

涎を垂らしそうなブランの脇に腕を入れて抱えた。ブランの涎入りジャムなんて食べたくない。もう一方の手で鍋を火から離し、濡れた布の上に置く。ここで粗熱をとってから使おうと思う。

「ブラン、ありがとね」

『むふっ、我ぐらいになれば、これしきのこと簡単だ！』

そう言いつつ誇らしげなのが可愛らしい。たまには手伝いを頼んでみたらいいかもしれない。おだてれば、色々とやってくれそうだ。

「夕飯は何食べる？」

『我は久しぶりに、がっつり肉を食いたいぞ！』

「……毎日お肉食べているでしょ？」

この狐は何を言っているのか。普段食べているものは肉ではないとでも言いたいのだろうか。

『普段の飯も旨いが、たまにはシンプルに焼いた肉を食いたい！　たくさんの種類の肉があるのだろう？　今日は焼肉パーティーだ！』

「ああ、確かにシンプルに焼いたお肉って最近食べてないかも？」

ブランに言われて思い出したが、最近は煮込み物が多かった。拠点の温度は快適に保っているが、結界外は寒いから自然と温かいものを作りがちになっていたのだ。焼いた肉をシンプルに塩で食べるのもいいだろう。

「じゃあ、肉を焼きやすいように切っておけばいいんだね」

『うむ』

ギルドから引き取ってきた様々な肉を少しずつ、種類を多く食べられるように切っていく。薄切りしたり、サイコロ状にしたりと食感を楽しめるように切り方を工夫した。ついでに、ブランは食べたがらないだろうが、野菜も切っておく。アルは肉ばかりじゃ飽きるので。

肉を切り終わったころにはジャムも冷えてきていたので、クリームチーズの上に塗った。あまり多すぎても少なすぎてもダメなので、塗る厚さは慎重に決める。

『旨そうだ』

「まだだよ。これは夕食後のデザートなの」

今にもかぶりつきそうなブランの前からタルトを持ち上げ、アイテムバッグから取り出した冷箱にいれる。この冷箱は、常に箱内が設定温度に冷えていて、入れたものを冷やして保存できるようにつくった魔道具だ。

『早く、夕飯にするぞ！』

「まだちょっと早いよ。夜中にお腹空いても何も作らないよ？」

『むぅ。……腹が減った』

キュンキュン鳴いて擦りつけてくる頭を撫でて、アイテムバッグの整理を始める。ブランを甘やかしてばかりいたら、際限なく飯を作ることになってしまう。ブランにはアルの都合を覚えてもらうようにしないと。

「うーん、やっぱり調味料類は買い足しておくべきかな。料理すると結構減るんだよね。ハーブ類は今日採ってきたから、これは明日乾燥させよう。後は旅途中でパンを焼くのは面倒だから、ここでたくさん作り置きしていた方がいいか」

『……我は小屋で寝ておくぞ』

ブランはアルが要求に頷かないと諦めたのか、尻尾をだらりと垂らしてトボトボと小屋に向かっていった。夕食までベッドで寝るつもりなのだろう。

「あ、ベッドとかも旅用のものがあるといいよね」

ちゃんとした環境で寝るのは大切だと実感したので、色々と旅を快適にするグッズも必要だろう。ベッドやテーブルセット、ベッドが入るテントなど欲しいものはたくさんある。

「それを収納するには、やっぱりアイテムバッグも作り足さなきゃいけないな」

大腐蛇《ジャイロットスネーク》の胃袋で、今の物より大容量のアイテムバッグを作れるはずである。最優先すべきなのは、アイテムバッグを作ることだろう。

「材料は……うん、全部あるね」

必要な材料で最も希少なのは大腐蛇《ジャイロットスネーク》の胃袋だ。それ以外のものは、アルが以前から使っていた魔道具製作キットで十分足りる。大腐蛇《ジャイロットスネーク》の胃袋がないと、他に希少な素材がたくさん必要なので、魔物暴走時に大腐蛇《ジャイロットスネーク》に出会えたのは幸運だった。

「旅のために買い足すのは布類とか調味料、後は野菜類もかな。洋服も一応何着か買っておこう。あ、魔軽銀の在庫も少なくなってきたから、これも仕入れよう。ノース国は鉱物資源が豊かだから安く手に入るはず」

旅に必要なものをまとめた後は、そろそろ夕食の時間だった。ブランに声をかける前に火を起こした上に網を載せ、厚めの肉から並べる。次第に良い匂いがしてくると、小屋の方からブランが駆けてきた。

『焼き始めたのか！　我を呼ばずに一人で食うつもりだったのか⁉』

「いや、ブランに声かけなくても、匂いがすれば勝手に来るかなって思って」

『むぅ……』

アルの思惑通りにやってきたブランは何も言えず、拗ねてテーブルセットの椅子に座った。顎を机にのせ、じっと肉が焼かれている方を見ている。

「そんなに見ていたら焼きにくいでしょ。ほら、最初のお肉が焼けたから食べな」

『おお、旨いぞ！』

ブラン用に焼けた肉を出したら、すぐさま食いついて食べだす。アルも食べながら肉を焼き続けた。ほとんどはブラン用の肉だ。

『旨かった！』

「美味しかったね」

初めて食べた肉も多かったが、さすがランクの高い魔物の肉。その肉は塩をふっただけでも美味しかった。肉自体の旨味が凄い。たまにはシンプルに食べるのもいいなと思いながら、食後のデザートを取り出す。

『むふふ、旨そうだな』

「そうだね」

切り分けた一口を食べたブランがぴたりと固まる。アルも食べてみると、ベリーの甘いジャムとクリームチーズの甘酸っぱい感じ、そしてタルト生地のさっくりした食感と柔らかいパンにチーズが染みてしっとりした感じが合わさり、正直想像以上に美味しかった。

『……旨かった』

「美味しかったね……」

何ものっていない皿を切なげに見つめるブランの頭をそっと撫でておく。また作ってあげよう。次は違う果物で作ってもいいかもしれない。

十七．旅立ちの準備

翌日から早速、次の旅に向けての準備を始めた。まずはアイテムバッグを作る。

「大腐蛇《ジャイロットスネーク》の胃袋を綺麗にしないとね」

ギルドで解体された際にある程度綺麗にされているようだが、気になるのでアルの方でも特殊な洗浄液に漬け込む。一時間ほど漬け込むと、綺麗に洗浄されるだけでなく、表面も滑らかになりバッグとして加工しやすくなるのだ。

「その間に外側を作ろう」

バッグの外側には、黒魔馬《ネグロマギホース》の革を使うことにした。胃袋の形に合わせて、背負える形に革を切り、縫い合わせる。背負うベルト部分は特にしっかり縫製し、壊れにくいようにした。

胃袋の洗浄が終わったので、水洗いして日陰干しする。魔法でも乾かせるが、多少その性質が変わる可能性があるので、ここは丁寧に作業することにした。

『む、もう作業していたのか』

起き出してきたブランがアルの隣にちょこんと座る。

「あ、おはよう。朝ごはんはそっちに用意しているからね」

昨日の夕食時に朝食用の肉も切っておいたのだ。ショウユタレに漬け込んだ鳥肉を弱火でじっくり焼いたものをパンで挟んである。あまり野菜を食べたがらないブランだが、少しは野菜を食べさせようとキャベツの千切りも一緒に入れている。

『おお、これはショウユか！』

テーブルセットに駆け寄って食事をとるブランをちらりと見てから作業に戻った。

大腐蛇《ジャイロットスネーク》の胃袋はそれだけではアイテムバッグとして作用しない。他の魔道具と同様に魔法陣を描く必要があるのだ。だが、一度魔力を流し込んでしまえば半永久的にアイテムバッグとして使える。

魔法陣を描くのはいつものようなペンとインクではダメだ。魔力が通る糸で直接魔法陣を縫い付けるのだ。

魔道具用の糸を取り出し、必要な分より長めに切って特殊な染料につける。この染料に漬けることで魔力を通しやすくし、また保持しやすくするのだ。よく染みた後は軽く絞って、これも干しておく。あまり魔道具作りの下準備で魔法を使うことは推奨されない。

『これでアイテムバッグを作るのか』

「うん。乾くまで待たなきゃいけないけどね」

夕方には縫い合わせられるだろうと判断して、次の作業に取り掛かった。旅の間も魔の森を通るので、この拠点と同じくらいの強さの結界が必要だと思い出したのだ。すでに拠点作りで要領は分かっているから、新たな結界の魔道具を作るのは早く終わる。

後はベッドなどの大物。魔法を使って作るものではないので、単純に木を切ったり組み合わせたりして作る。といっても、ベッドやテーブル、テントを作るのは地味に疲れる。早朝から続けた作業は昼頃になって完成した。

「ふぅ、疲れた〜」

『ふむ、すべてここの物より小さめに作ったのだな』

「そうだね。こういう広い平地ばかりじゃないし、どこでも使えるように小さめにしたよ」

テントを大きくしてしまえば、結界もそれに合わせて大きくしなければならない。そうなると結界の魔力消費量も大きくなり、魔力補充が面倒になる。旅に適したサイズに全て作り変えていた。

『なかなか良いではないか』

「そう？　まあ、テントは寝る用だから、狭くてもいいか」

テントはベッドを入れたらぎゅうぎゅうだ。だが、寝るために使うのだから支障はない。

ベッドには草を敷き詰めた上に、黒魔虎《ネグロマギタイガー》の毛皮を載せている。黒魔虎《ネグロマギタイガー》はふわりと柔らかい毛皮だったので、ベッドに最適だと確保しておいたのだ。上からかぶるのは、魔物暴走時に狩った鳥型の魔物の羽毛を詰めた掛布団だ。これが予想以上に温かく、夜は温度調整の魔道具も必要としないかもしれない。

『後は何を作るのだ？』

「うーん、もうないと思うけど。午後からは買い出しかな。色々揃えたら、いつでも出発できるよ」

『ふむ。もうすぐ本格的な冬になるようだからな』

空を見上げるブランにつられてアルも空を見上げる。だからと言ってアルにはその違いがよく分からないのだけれど、長く自然とともに生きてきたブランにはなんとなく冬の訪れが分かるらしい。

「そっか、じゃあそろそろ出発だね」

『うむ』

旅の準備を整えるために街に買い物に行くことにした。

魔の森を出たところで、町では既に雪がちらついているのが分かる。明確に森との境目から天候が違っていた。

「……何度も思うけど、おかしいよね。魔の森だけ別空間にでもなっているのかな」

『気温自体は同じようだがな』

確かに今朝ぐらいからグッと気温が冷え込んでいる。アルは火焔猪《ファイアボア》のコートがあるからある程度は平気だが、なければ相当困っただろう。行きかう冒険者や町人も分厚いコートやマントを羽織り、手袋や襟巻をつけている者もいる。町人はともかく、冒険者があんなに厚着しては動きにくそうだ。寒さで強張る方が駄目なのだろうけど。

「さて、買い物しようっと」

『何を買うのだ？』

「調味料とか布類とか、色々だね」

『ふむ』

あまり興味なさそうなブランを肩に乗せて歩き出す。この間も買った調味料店で、塩や砂糖を買い足した。ついでに料理酒も少なくなっていることを思い出し、店員におすすめ店を聞いて買いに行く。白ワインや赤ワインなど、基本的に酒類を口にしないアルだが、料理にはよく使うのである程度の量が必要だった。

「さて、次は布類かな」

目についた店で革袋を大量に買う。アイテムバッグに入れるにしても、革袋にひとまとめにして入れておいた方が出し入れしやすいのでよく使うのだ。特に果物とか薬草の採取などのときに。

洋服は中古店でサイズが合うものを適当に見繕った。今までは三着をローテーションで着ていたがさすがにちょっと草臥《くたび》れてきていたので、思い切ってたくさん買っておく。さすがにもう身長が伸びることはないだろう。低くはないが高くもなく、平均的な身長で止まったが、それに何を思うこともない。父親はだいぶ背が高くて体格が良かったが、アルは完全に母親似だということだろう。

「後は、野菜と小麦粉を買ってから、ラトルさんのところに行こう」

『ラトル？』

「この剣を作った人だよ」

『ああ、あいつか』

市場でちょっとお高い野菜や小麦類を買い足してラトルの店を訪ねた。

「こんにちは」

「ん？　おお、レイ坊がつれてきた、アルだったか」

「はい。今日はちょっとお願いがあってきたんですけど」

「なんだ。剣に不具合でもあったか？」

「いえ、そうではなくて、よかったら魔軽銀を分けてもらえないかと思いまして」

鉱物を手に入れるのは基本的に伝手《つて》がないと難しい。たいていの鉱物取扱業者は個人を相手に商売しないのだ。武器職人や金物職人のギルドに卸して、そこからギルド員が購入する形になる。つまり、外部の人間は欲しい鉱物を手に入れるにはギルドと交渉しなくてはならないが、職人のギルドというのはよそ者を嫌う傾向がある。

「魔軽銀か。在庫はあるが、どのくらい必要だ？」

「できればこのプレートの形にして、五百枚ほど欲しいんですけど」

見本となるプレートを差し出すと、ラトルがふむと頷いて、在庫の量を確認した。五百枚もあればそうそう使い切ることはないだろうから、ここで確保しておきたい。転移魔法陣で簡単に帰ってこられるとはいえ、そう頻繁に旅を中断するつもりもないし。

「よかろう。儂が作っておいてやる。金額はこれくらいになるがいいか？」

「はい。お願いします。あ、ついでに、こういう箱も作れますか？」

魔道具を作る際に使っている箱も魔軽銀製だ。ラトルに作ってもらえれば便利だろう。

「箱か。ふむ、魔軽銀だからな、このくらいの加工も簡単だろう。これも同じ数か？」

「はい、できれば」

「では、ギルドから仕入れてきておこう。プレートと箱代を合わせたら、このくらいだな」

提示された額は妥当なものだったので軽く頷く。

「はい。それでよろしくお願いします。それで、どのくらいかかりますか？」

「二日もあればできるだろう。明々後日《しあさって》以降に取りに来い」

「わかりました。ありがとうございます」

上手い事交渉が進んだので幸運だった。

『アル、いつまでかかるのだ。夕飯はこっちで食っていくのか』

「あ……ほんとだね」

気づいたら空が夕暮れになっていた。ラトルに別れを告げて外に出て暫し考える。

「……レイさんが泊っている宿でご飯食べる？」

ブランはあそこでの食事を気に入っていたようだったので提案すると、ブランの尻尾がブンブンと振られる。言われずとも答えが分かり、アルは笑って宿の方へと歩いていった。

夕食を終えて拠点に帰ってきたアルは、寝る前にアイテムバッグを仕上げてしまうことにした。作業を翌日に持ち越すのはなんとなく気分が落ち着かない。

「よし、ちゃんと乾いているね」

『我はもう寝るぞ』

「はーい、おやすみ」

作っておいた黒魔馬《ネグロマギホース》のバッグの内側に乾いた大腐蛇《ジャイロットスネーク》の胃袋を入れて縫い合わせる。そして、内側に魔法陣を縫っていった。この時注意するのは魔力の流れを途切れさせず、決まった順序で流れさせ、最終的に始点に戻ること。これにより魔力の循環が出来上がり、アイテムバッグとして能力を発揮できるのだ。

後は出来上がった魔法陣に魔力を流して完成である。バッグの容量を確認してみると、今まで使っていたものの数十倍の容量だった。これが満杯になることはそうそうないだろう。

「よし、今日はもう寝よう。明日からはパンの作り置きと、あとはスープとかも作り置きしていたら楽かな……ふあぁ、ねむ」

既に時間はいつもの入眠時刻を超えている。ブランが大の字で寝ているベッドにアルももぐりこんですぐに眠りに落ちた。

十八．新たな地への旅立ち

気候は次第に冬の厳しさを増していった。森にいる分には楽だが、町には雪が降り積もって、道端に積み上げられていっている。それを横目に見つつ、アルはラトルの店を訪ねた。

「お？　アルじゃないか」

「あ、レイさん、おはようございます」

「おはよう」

店に入るとレイが暇そうに椅子に座っていた。カウンターにぐてっと倒していた上体を起こして、アルに挨拶をしてくれる。カウンターの向こうにいるはずのラトルの姿は見えない。

「狐君は前よりモフモフしてないか？」

「完全に冬毛に変わったんでしょうね」

『温かいぞ。人間はたくさん着て大変だな』

ふふんと人間を鼻で笑うブランの頭を撫でる。たしかに人間も毛皮があったら冬も楽なのにと思う。その分夏は嫌だが。

暇そうにしているレイにラトルがどこにいるか聞いた。

「ん。俺が剣の整備を頼んだからな、もうすぐ戻ってくると思うぞ」

「そうですか」

交代の店員も置かず奥の工房に籠るなんて不用心だと思うが、店にいる相手がレイだから信頼しているのだろう。今はレイが店番代わりだ。普段は整備を頼まれても、物を預かって後日整備して返しているそうだ。

「お前はどうしたんだ？　剣の整備にはまだ早いだろ？」

「ええ。ラトルさんに魔軽銀を発注していまして」

「ああ、魔道具の材料か」

レイが頷いて納得したところでラトルが戻ってきた。レイの大剣を持ってカウンターに丁寧に置く。

「お、アル、来ていたのか。物は仕上がっているぞ」

整備した剣をレイに渡し、代金をぶんどったラトルが再び奥へと下がる。

「……ひでぇな。俺にもちっとは愛想よくしろよ。客だぞ」

ぼやくレイになんと声をかけるべきか迷っていたら、すぐにラトルが戻ってきた。車輪付きの箱を押していて、魔軽銀の箱がこれでもかと積まれていた。頼んだのはアルだがすごい数だ。これをたった二日で仕上げたとは驚きだ。

「うおっ、凄い量だな。魔道具屋でもするつもりか？」

「いえ、今日から旅を再開するので、そのための物資ですね」

「……今日から？」

なんとも言い難《がた》い表情を向けられて、アルは首を傾げる。だがすぐにラトルに声を掛けられたので、そちらに視線が移った。

「これで大丈夫か？」

「はい。良い出来ですね」

一流の職人は、こういった簡単なものにも手を抜かない。丁寧に作られている箱やプレートを確認してその代金を支払い、アイテムバッグに収納した。

「それで、お前さん、旅に出るのか」

「はい。結構この町に長居してしまいましたし、そろそろ旅を再開しようかと」

「……魔の森に住んでいたくせに」

なにやらレイが言っているが、アルはラトルとの会話を続けた。

「そうか。整備の時は帰ってこれそうなのか？」

「一応、こっちに帰ってくる手段は用意していますから、その時は整備をお願いします」

「ほう？　手段な……よく分からんが、お前が来たならちゃんと整備してやろう」

「帰る手段……、まさか」

何かに気付いたレイがハッとしてアルを凝視する。だが、この場でそれを問いただすつもりはないらしく、口をつぐんだ。

「では、また」

「おう、元気でな」

ラトルと軽く別れを告げて店を出ると、無言でレイがついてくる。その様子を不審げに見ていたラトルを気にしていないようだ。アルも無言のレイの様子が気になったが、なんとなく声を掛けづらい。

『なんだこいつ』

ブランも不審げにレイを見ていたが、暫くしたら興味を失ってアルの肩に伏せた。モフモフ度が増したブランは温かくて気持ちがいい。

門に近づいたところで、漸くレイが口を開いた。

「……お前、薄情とか言われねぇ？」

「え？」

「なんで出発のこと俺に言わないんだよ。分かっていたら、飯ぐらい奢ってやったのに」

「……ありがとうございます？」

もしかしてこれは別れを惜しまれているのだろうか。レイの表情を見て暫し固まった。

「俺が預かっている転移箱は返さねぇぞ。作ってもらいたい魔道具ができたら、それで連絡を入れるからな」

「ああ、もちろん。もともとそのつもりでしたし」

「……あと、出国と入国に関しては手を打っておいてやる。好きに帰ってこい」

「あ、……ありがとうございます」

危ない。転移の魔法陣を使うと密入国になるところだった。そもそも人の使う関所を使って出国しないからバレないだろうが、レイが手を打っていてくれるなら有難い。

「……お前は普通とは違う移動手段を持っているみたいだしな」

呆《あき》れ顔《がお》のレイからそっと視線を逸らす。転移箱の原理を理解すれば、それを改変して人が転移する術もあると推察できるだろう。だが、今のところ転移の魔法はアルのオリジナルである。あまり不特定多数に知られたいわけではない。

「まあ、いつでも帰ってこられるっていうんなら、大げさな別れの挨拶はいらないんだろ？　元気でやれよ。なんか困ったことがあったらいつでも帰ってこい。俺ができる範囲は手を貸してやる」

「ありがとうございます」

アルの転移の魔法に勘付きながらも、言葉にして聞くことはしないらしい。確定してしまえば、国に報告しなければならなくなるからだ。

「はぁ、会ったばかりだっていうのに、冬の間くらいは町に滞在しようとか思わんのかね？」

「え、だって、雪の中で生活するのって大変でしょう？」

「……まさか、それが嫌で旅を再開するのか？　街道も雪で埋もれているから大変……って、こっちの門から行くってことは、魔の森で泊まりながら進むってことか。正気とは思えねぇ。お前じゃなきゃ、考え直せって怒鳴るところだよ」

「はは……」

完全に呆れた表情だが、アルとしてはそれになんの不都合も感じていない。魔の森を安全に進むための手段は、この町のおかげでしっかり準備できた。暫くどこの町に寄らなくとも不都合はないだろう。

「……まぁ、その方が、追手がつきにくくていいのかもしれんな」

「追手、来ているんですか？」

「ああ、近くの町までグリンデルの者が来ているらしい。王族の手先の商人のようだが、お前の姿を見られたら面倒なことになったかもしれん。そう考えれば、いいタイミングでの旅立ちだったな。それにしても、事前に連絡を入れてほしかったが」

「すみません。そうですね、今後こういう機会があったら、ちゃんと連絡をするようにします」

アルは気軽に転移できるから失念していたが、この世界では旅に出た者と再会するのは容易ではない。レイが微妙に怒っているのも当然だった。これだけ世話になっていて、さらに今後も魔道具関連で協力しようと言っていたのに、黙っていなくなるのは確かに薄情以前に誠実さに欠けた対応だった。少し反省する。

「おう、そうしてくれ。俺もずっとこの町にいるわけじゃねぇが、町を移るときは転移箱で連絡する」

「はい、分かりました。……それじゃあ」

「おう。心配は必要なさそうだが、あんま無理せず元気でな。狐君もまたな」

こういう場面でどういう言葉を交わせばいいのか分からなくて戸惑うが、レイがニッと笑って送り出してくれたので、アルも笑顔で素直に別れを告げられた。

「いってきます！」

『お前は人間にしては見込みがあるぞ。容易く死ぬなよ』

ブランもゆるりと尻尾を振ってレイに挨拶していた。言葉が通じないことは分かっている。ただ言いたいだけだったのだろう。アルに通訳を頼むこともなかった。

「行ってこい！」

レイの言葉を受けて、アルは魔の森を再び進みだした。帝国へはこのまま魔の森を西に進んでいけばいいはずだ。

旅の再開の朝は、柔らかな日差しがふりそそぎ、冬らしい澄んだ空気に包まれていた。

エピローグ

魔の森をのんびりと進む。カントの町で十分に物資を用意しておいたので、どこかの町に立ち寄る必要もなく、アルたちは気ままに旅を楽しんでいた。冬らしい冷たい風が頬を打つ。

「すっかり冬だねぇ」

『そうだな。魔の森より外は雪が凄いぞ』

魔の森の外にある街道近くまで来ると、気候の違いがよく分かった。街道には雪が深々と降り積もり、馬車はおろか人が通ることも難しそうだ。魔の森側には一切雪が降っておらず、地面は常緑の草に覆われている。

「この雪の中では旅できないよなぁ。ちょっと魔の森に入って旅する方が絶対楽だよね」

『うむ。馬車は通れないだろうがな』

魔の森は木々が立ち並び、藪や岩などの障害物が多いので、馬車用の道を確保することはできない。ノース国が冬の季節はほとんど街道の行き来がなくなり、町同士での交易もなくなるというのも納得できるくらい厳しい気候だった。

「冬は日が陰るのが早いね。もう野営の準備しちゃう？」

『そうだな。そろそろ温かい中で休みたいぞ』

「ブランは立派な毛皮でぬくぬくだし、僕の肩に乗っているだけじゃない」

『我がここにいると、アルも温かかろう？』

「……それは否定しない」

ブランが首元にいるとそれだけで首回りがぽかぽかして、ふわふわとした毛は触り心地も良くて快適だ。アルがそう思っているのはしっかりとブランも分かっていて、肩乗りで楽をしているくせに堂々と言い返されてしまった。ちょっとムカッとしたので、夏になったら肩から投げ落とそうと思う。


丁度良い大きさの木の根元付近に野営用のテントを出し、火をおこした。薄暗くなってきた中で火がパチパチと音を立てながら揺らめく。ほのかな温かさが伝わってきた。

簡単な食事を終えて、寝に行こうとするブランを引き留める。

『なんだ？』

「ドライフルーツを作って、クッキーを焼いておいたよ」

『うむ？』

「もう忘れているの？　フランベリーのクッキー、食べたかったんでしょう？」

『おお！　出来たのか！』

ブランを驚かせようとこっそり準備していたのだが、思っていた以上に喜ばれてアルも嬉し

くなってきた。盛大に尻尾を振って焚火《たきび》の傍に座り、アルに期待の目を向けてくるブランの頭を撫でる。クッキーを取り出してブランの前に置くと、尻尾はさらに大きく振られた。アルが何かを言う前に、カパッと大きく口を開けられる。見覚えのある光景だった。

『――うむ！　旨いぞ！　この香り、この甘み。記憶にあるものと相違ない。だが、前よりも旨い気もするな』

「……それなら良かった」

普段はアルが手渡さなくとも手で器用に持って勝手に食べるのに、まさか出会った時のように『あーん』と食べさせることになるとは思わなかった。ブランがいつも通りの様子なので、自然にしたことなのだろうが、まるで昔の再現のようで懐かしい気分になる。

再び開けられた口にクッキーを放り込み、夢中になって味わっているブランの横に寄り添って、その頭から背までを優しく撫でた。

「ブランは相変わらず温かいね」

『当たり前だろう。我の毛は素晴らしいのだ！』

「……うん。心まで温かくなるくらい、素晴らしいものだね」

『うむ？　心臓はさすがに温められないぞ？』

「そういうことじゃないんだよなぁ……」

ピントの外れたことを言うブランに小さく笑ってぎゅっと抱きしめた。抱きつくには少し小さい気がする。

「ブラン、もうちょっと大きくなって。その方が温かいし」

『寒いのか？　温度調整風魔道具の効果を強めたらどうだ？』

「うん、そのうちするから、今日はブランで温まる」

『……仕方ない奴め』

呆れたようにため息をつくブランの口に再びクッキーを放り込んだ。途端に機嫌を良くして尻尾を振り、本来の姿に戻る。ふわふわとした大きな体軀がアルを懐に抱えるようにして伏せた。包み込むような体勢のブランに抱きついて目を閉じる。

「……旅についてきてくれてありがとう」

『突然何を言う？』

「ふと思ったから言ってみた。ブランがついてきてくれたから、毎日楽しいよ」

『……我も楽しいぞ。あの森で微睡んでいるより、ずっと』

「そっか。良かった」

『うむ。旨いものをたくさん食えるしな！』

楽し気に大きな尻尾を振るブランは、どこまでも食い意地が張っていた。そんなところも可愛いから、食べ物のおねだりを許してしまうことが多い。

「これからもよろしくね」

『ふん。アルの命がついえるその時まで、我は傍にいてやる』

「ふふ、それは頼もしいなぁ」

『だろう？　我がおれば、何があっても安全だ！　お前は自分が思うまま、好きに生きればよい』

「……うん、ありがとう、ブラン」

『寝るのか？　ちゃんとベッドで寝たらどうだ？』

「うん……そうだね……」

温かいものに包まれて、幸せな眠りが押し寄せてくる。それに逆らう気にならず、アルはゆっくり瞼《まぶた》を閉じた。

『まったく……』

ため息が聞こえた後、アルの体にふわりとブランの尻尾が被《かぶ》さった。柔らかくて温かい。心が安らぐような確かな重みを感じる。

結界の外はシンとした静けさと闇が覆っていた。

ひとりぼっちの旅ではきっと寂しくなっただろう。でも、アルにはブランがいてくれる。だから、自由気ままに旅を楽しめるのだ。基本的に我儘で食い意地が張っているから時々面倒に思うこともあるけれど、優しくて頼りがいのある大切な相棒だ。

明日からの旅では一体何があるだろう。美味しいものを食べて、共に笑いあって過ごす。時には言い合いをして雰囲気が悪くなることもあるかもしれない。でも、きっと仲直りして、また穏やかな旅を続けるのだろう。

特別な出来事は何もなくていい。何かに振り回されて生きるのは嫌だから。ただブランと二人でのんびり旅をしていれば、アルにとって幸せな日々になるだろう。

あとがき

本書をお手に取っていただきまして誠にありがとうございます。アルとブランの旅の始まりの物語はいかがでしたでしょうか。ウェブ版からお付き合いくださっている方は、加筆部分も楽しんでいただけましたら幸いです。

この物語を書き始めたのは今年の春。新型コロナウイルスの蔓延により外出も躊躇われる中、のんびり自然の中を旅するお話を書いて楽しみたいと思ったのがきっかけでした。ウェブに載せたところ、思いがけないほどの反響をいただきまして、驚きと嬉しさでいっぱいになりました。その後書籍化のお話をいただき、『この話を書籍化して大丈夫なのだろうか』と不安に思いつつも、優しい編集者の方々の支えをいただきまして、無事に皆様のお手元にお届けすることができました。

ウェブ上に載せたお話を書籍化するにあたり、様々な部分を加筆いたしました。アルとブランの出会いの話やブラン視点の話など、よりこの物語の世界に奥行きができたのではないかと思います。ウェブ版よりもちょっとだけブランの活躍を増やしましたので、アルとブランの良き相棒感が伝わっていましたら嬉しい限りです。

アルは人嫌いな性格で、ブランは食い意地が張っていてちょっと我儘。でも、この二人はお互いを思いやる心は忘れません。決して相手を裏切らず、これからも二人でのんびり自由気ままに生きていくのでしょう。彼らの世界を今後も大切に書いていきたいと思っています。皆様にもお付き合いいただけましたら幸いです。

本書をより良いものにできたのはイラストのおかげです。この場を借りてひげ猫《ねこ》先生に心から感謝申し上げます。ひげ猫先生が描いてくださった温かみのあるイラストに心を奪われました。アルの可愛らしくも凜々しい表情。ブランの愛嬌があってモフモフな姿。素晴らしすぎます。特にモフモフ。抱きしめたくなりました。アルたちの周りの自然も美しくて心癒されます。素敵なイラストを本当にありがとうございました。

最後になりましたが、本書に携わってくださった皆様に心から感謝申し上げます。本書を世に送り出せたのは皆様のおかげです。

読者の皆様に少しでも楽しんでいただけましたら、私にとって心からの喜びです。

ゆるり

電撃の新文芸

森《もり》に生《い》きる者《もの》
～貴族《きぞく》じゃなくなったので自由《じゆう》に生《い》きます。莫大《ばくだい》な魔力《まりょく》があるから森《もり》の中《なか》でも安全快適《あんぜんかいてき》です～

著者／ゆるり
イラスト／ひげ猫《ねこ》

2021年11月17日　初版発行

発行者／青柳昌行
発行／株式会社ＫＡＤＯＫＡＷＡ
〒102-8177　東京都千代田区富士見2-13-3
0570-002-301（ナビダイヤル）
印刷／図書印刷株式会社
製本／図書印刷株式会社

【初出】……………………………………………………………………………………………

本書は、カクヨムに掲載された『森に生きる者 ～貴族じゃなくなったので自由に生きます。莫大な魔力があるから森の中でも安全快適です。』を加筆修正したものです。

ISBN978-4-04-914050-7　C0093　Printed in Japan

ファンレターあて先

〒102-8177
東京都千代田区富士見2-13-3
電撃の新文芸編集部

「ゆるり先生」係
「ひげ猫先生」係

隠居勇者は売れ残りエルフと余生を謳歌する

疲れた元勇者が雇ったメイドさんは、
銀貨３枚の年上エルフ!?
美人エルフと一つ屋根の下、
不器用で甘い異世界スローライフ！

著／逢坂為人
イラスト／淡雪

　魔王を討伐した元勇者イオンは戦いのあと、早々に隠居することを決めたものの、生活力が絶望的にたりなかった……。そこで、メイドとして奴隷市場で売れ残っていた美人でスタイル抜群なエルフのお姉さん、ノーチェさん、ひゃく……28歳を雇い、一つ屋根の下で一緒に生活することに！　隠居生活のお供は超年上だけど超美人なエルフのお姉さん！　甘い同棲生活、始めました！

ハズレ武将『慎重家康』と、エルフの王女による異世界天下統一

異世界で徳川幕府開いてみた。
天下人の知識で、
若き家康が異世界統一!?

天下人の知識を持ち、20歳の体で異世界に転生した徳川家康。王女セラフィナを救ったことで、滅亡寸前のエルフ族が籠城する『エッダの森』の大将軍に任命されてしまう。

小心者で節約家、敵が死ぬまで戦わずして待てばいい。およそ勇者らしからぬ思考の家康は、心配性ゆえ『エッダの森』を徳川幕府並みに改革していき――?

家康が狸爺の時代は終わった!?　超チートな若き家康と、天真爛漫なエルフの王女の、異世界統一ストーリー!

著／春日みかげ
イラスト／ainezu

電撃の新文芸

超世界転生エグゾドライブ01

―激闘！　異世界全日本大会編―〈上〉

著／珪素

イラスト／輝竜 司

キャラクターデザイン／zunta

一番優れた異世界転生ストーリーを決める！
世界救済バトルアクション開幕！

　異世界の実在が証明された20XX年。科学技術の急激な発展により、異世界救済は娯楽と化した。そのゲームの名は《エグゾドライブ》。チート能力を４つ選択し、相手の裏をかく戦略を組み立て、どちらがより迅速により鮮烈に異世界を救えるかを競い合う！　常人の9999倍のスピードで成長するも、神様に気に入られるようにするも、世界の政治を操るも何でもあり。これが異世界転生の進化系！　世界救済バトルアクション開幕！

電撃の新文芸

悪役令嬢になったウチのお嬢様がヤクザ令嬢だった件。

著／翅田大介
イラスト／珠梨やすゆき

ケジメを付けろ！？型破り悪役令嬢の破滅フラグ粉砕ストーリー、開幕！

「聞こえませんでした？　指を落とせと言ったんです」
　その日、『悪役令嬢』のキリハレーネは婚約者の王子に断罪されるはずだった。しかし、意外な返答で事態は予測不可能な方向へ。少女の身体にはヤクザの女組長である霧羽が転生してしまっていたのだった。お約束には従わず、曲がったことを許さない。ヤクザ令嬢キリハが破滅フラグを粉砕する爽快ストーリー、ここに開幕！

電撃の新文芸

傷心公爵令嬢レイラの逃避行　上

著／染井由乃
イラスト／鈴ノ助

**溺愛×監禁。婚約破棄の末に
逃げだした公爵令嬢が
囚われた歪な愛とは——。**

　事故による２年もの昏睡から目覚めたその日、レイラは王太子との婚約が破棄された事を知った。彼はすでにレイラの妹のローゼと婚約し、彼女は御子まで身籠もっているという。全てを犠牲にし、厳しい令嬢教育に耐えてきた日々は何だったのか。たまらず公爵家を逃げ出したレイラを待っていたのは、伝説の魔術師からの求婚。そして婚約破棄したはずの王太子からの執愛で——？

電撃の新文芸

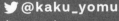